Co Winterstein

Am Rand, mit den Füßen im Nichts

Erzählungen

Bibliografische Information
der Deutschen Nationalbibliothek:
Die Deutsche Nationalbibliothek verzeichnet diese
Publikation in der Deutschen Nationalbibliografie;
detaillierte bibliografische Daten sind im Internet über
dnb.dnb.de abrufbar.

© 2021 Co Winterstein
Lektorat: Dr. Gregor Ohlerich
Gemälde auf dem Cover:
Paper Hands (2014) von Matti Harel
Herstellung und Verlag:
BoD - Books on Demand, Norderstedt

Covergestaltung:
Marc Glasze
www.marcglasze.de

ISBN: 978-3-7557-9503-2

Für Ini und Wilf

Inhalt

Am Rand,
mit den Füßen im Nichts

Ein Katzenschrei zerreißt die Stille. Erstes Licht zeigt sich am Himmel, das Flackern der Sterne verblasst. Ich wache vor dem Klingeln des Weckers auf und stelle mir vor, wie der Rotfuchs, der am Heidbach wohnt, jetzt in seinen Bau zurückkehrt und sich schlafen legt.

Jonathan räkelt sich, schlägt die Augen auf und kuschelt seinen Kopf auf meine Schulter.

Ich streichele sein Gesicht.

Ohne dass wir ein Wort getauscht haben, sagt er:

Heirate mich. Und sieht mich an, hellwach, mit der Aufmerksamkeit eines Abenteurers. Forschend und ein bisschen verrückt.

Auf keinen Fall, platzt es aus mir heraus, ich kann nicht heiraten.

Während ich die Worte ausspreche, tut es mir schon leid. Aber ich muss das sofort klarstellen.

Warum nicht?

Ich möchte das nicht, antworte ich hektisch, komme ins Schlingern. Da ist etwas, das ich nicht aussprechen, bei aller Einfachheit nicht erklären, nur denken kann. Ein Licht, zuinnerst, von einer Mauer umgeben, an das niemand herankommen darf. Falls jemand die Mauer durchdringt, erlischt es und ich zerfalle wie eine vertrocknete Blüte im Wind.

Ist ja schon gut, beruhigt er mich, zieht die Augenbrauen hoch und zwickt mich in die Seite, dann lass ich mir deinen Namen eben in Versalien auf den Hals tätowieren.

Mit einem kleinen Lachen gibt Jonathan preis, dass meine Antwort ihn nicht verletzt hat.

Nein, machst du nicht.

Ich küsse ihn. Da klingelt der Wecker auf dem Nachttisch. Kurz nach sieben.

Doch. Hierhin.

Er fährt mit Daumen und Zeigefinger eine zehn Zentimeter hohe Fläche an seinem Hals entlang.

L-I-N-N-E-A. In Schwarz.

Seine Augen sind weit geöffnet, ein helles Wasserblau, und in den Augenwinkeln steckt ein Lächeln, geheimnisvoll und wunderbar.

Ich lasse meine Hand auf seiner Brust liegen. Eine Geste, an die ich später denken werde. Er greift meine Hand und fährt damit seinen Oberkörper hinunter in die Shorts. Ich spüre, wie sein Blut sich staut und seine Erregung wächst. Schnell ziehe ich die Hand aus seiner Hose und entschuldige mich.

Ich muss jetzt wirklich gehen.

Fast vier Stunden wird die Fahrt von Hollenstedt nach Berlin dauern und der Fototermin bis in den späten Abend.

Geh noch nicht, bittet er, schiebt mein Hemd hoch und drückt sein Gesicht in die nackte Haut.

Jonah!

Befrei dich, sagt er lachend.

Ich stemme mich gegen seine Schultern, versuche, mich seitlich aus seinem Griff zu winden. Ein spielerischer Kampf. Er zwickt und kitzelt mich, bis ich um Gnade bettele und mir vorkomme wie ein quietschender Teenager.

Jonathan kniet über mir, küsst mich zärtlich auf den Mund. Er legt sich auf mich, ich erwidere seine Zungenküsse. Plötzlich spüre ich eine Dringlichkeit in seinen Berührungen, die mich alarmiert. Vorsicht kriecht mir den Nacken hoch und etwas in mir zieht sich zusammen. Ich versuche, ihn abzuwehren.

Ich muss zur Arbeit, stottere ich.

Lass mich nicht allein, flüstert er und versteckt schüchtern sein Gesicht in meinen Haaren.

Bitte, jammere ich, das ist mein Job.

Er schiebt seinen linken Arm unter meinen Nacken sodass mein Kopf fest in seiner Armbeuge liegt.

Nein, sage ich, als ich merke, dass er seine Hose runterzieht und mit den Knien meine Beine spreizt.

Ich empfinde keine Wut, immer denke ich, du bist selbst schuld, du kannst dich nicht abgrenzen.

Während Jonathan sich auf mich presst, mein Bein anwinkelt, mein Gesicht mit Küssen bedeckt und in mich eindringt, fühle ich mich wie

Erde, die verbrannt,
ein Wort, das gelogen,
sprödes Glas, das zerbrochen ist.

Seine Kraft, die sich über mir ausbreitet, hüllt mich ein wie eine Aura. Ich wage es nicht, mich zu wehren. Bin machtlos gegen die Dominanz und Schnelligkeit seiner Bewegungen.

Ich will nicht, flüstere ich.

Schlaf mit mir, stöhnt er. Es klingt bittend, Sehnsucht in der Stimme, die mich milde stimmt.

Sein muskulöser Körper ist schwer. Ich fahre mit der Hand über die Rippen auf seinem Rücken und versuche, es zu genießen, seine Berührungen, die Wärme und Zärtlichkeit zu erwidern. Aber es gelingt nicht. Der Gedanke taucht auf, dass ich eigentlich Nein gesagt habe.

Die Vorstellung, dass mein Selbst ein körperloses ist, ein weißer Nebel, der sprachlich kommunizieren kann, aber nicht zu fassen ist, begleitet mich.

Jonahs Bewegungen werden schneller und heftiger, seine Küsse gieriger. Mit der rechten Hand packt er meinen linken Unterarm, drückt ihn auf das Bett, hält ihn fest. Ich rufe seinen Namen, bitte ihn, nicht so grob zu sein. Gedanken überschlagen sich. Ich versuche, mich zu beruhigen, brauche keine Angst zu haben. Er wird mich nicht verletzen.

Im Fenster sehe ich das Grauverhangene, das sich

häufig über unserer Heimat zeigt. Ein transparenter Sichelmond, der sich bald in einen Wolkenbauch schiebt. Wenn der Himmel jemals endet, dann hier.

Seltsame Ohnmacht, warum kann ich mich nicht wehren? Wie in einem hermetisch abgeriegelten, schallisolierten Raum. Ich bin in mir gefangen und kann nicht sagen, dass ich das jetzt nicht möchte.

Jonah stößt heftig, als wolle er immer noch tiefer in mich hinein. Ich spüre sein erregtes Zucken, dann Sperma. Er legt den Kopf auf meine Brust und schließt die Augen.

Nach einer Weile kommt aus der Tiefe ein plötzlicher Groll: Ich wollte das nicht. Ich habe Nein gesagt.

Irritiert hebt er den Kopf, Verwirrung im Gesicht.

Du hast nicht Nein gesagt, du hast meinen Rücken gestreichelt.

Still und leer liege ich da und möchte zurück an den Anfang, zum ersten Moment des Tages – zu den verblassenden Sternen – und dann alles anders machen.

Weit entfernt hupt ein Auto.

Jonah wälzt sich von mir herunter, bleibt auf dem Rücken liegen, verdeckt mit den Händen das Gesicht.

Warum merkst du nicht, wenn ich nicht will, möchte ich schreien, aber schweige. Ich habe mich überhaupt nicht bewegt, nicht mitgemacht, ist dir das nicht aufgefallen? Warum erreichen meine Worte, meine Gesten dich nicht? Du musst auf mich achten!

Egal, sage ich schließlich und versuche, meiner Stimme einen beiläufigen Klang zu geben, stehe auf, dusche, ziehe mich an.

Ich werfe einen letzten Blick auf Jonah, der nackt auf dem Bett liegt, den Unterarm über den Augen, greife meine Tasche und verlasse das Haus.

Marten holt mich am Hamburger Hauptbahnhof ab. Als wir im Auto sitzen auf dem Weg nach Berlin und die Motorgeräusche mich einlullen, spüre ich die Zittrigkeit, die sich nach Jonathans Berührungen manchmal einstellt. Eine Dünnhäutigkeit, Furcht vor Haut und Händen, die mich zufällig oder absichtlich berühren. Ich muss mich anstrengen, nicht zurückzuweichen oder wegzuzucken, wenn Menschen näher kommen. Schweigen hilft, in mich kehren, allein sein. Aber das geht jetzt nicht. Es wird ein paar Tage dauern, bis ich die Einzelteile zusammengesucht habe und mich wieder ganz fühle.

Marten erläutert den Fototermin, zu dem wir fahren. Ich höre nicht zu, sondern versuche, meinen Herzschlag zu finden und mir die Dinge schönzureden. Eigentlich hat nur die Zeit gedrängt. Eigentlich wollte ich es. Dass ich mich danach schlecht fühle, liegt nur daran —

Vage Versuche, mich selbst zu betrügen.

Warum bist du so still, fragt Marten.

Ich weiß nicht, was ich antworten soll. Nähe und Zuneigung kann ich in diesem Augenblick nicht empfinden, bin damit beschäftigt, die Kälte und Fremdheit, die in mir herrscht, zu verbergen. Eine Beziehungs-amnesie, in der ich vergesse, wie sehr ich Marten mag.

Okay, nehm ich so hin, antwortet er und heftet den Blick geradeaus auf die Straße, schreckt mich nicht ab.

An einer Tankstelle halten wir. Marten kauft Zigaretten, ich werfe einen Blick auf eine Illustrierte. Auf dem Titelblatt lese ich die Frage, ob sich Jungen, denen in der Kindheit Gewalt angetan wurde, zu gewalttätigen Männern entwickeln. Kurz weicht alle Kraft aus mir, ich halte mich am Zeitschriftenregal fest. Schwarz vor Augen, dann besinne ich mich.

Und denke an Jonahs Vater.

Als wir wieder im Auto sitzen, tauchen die Bilder aus dem Untergrund auf, schneiden in die Seele, wenn ich den seltenen Mut aufbringe, mich zu erinnern.

Sommerferien. Jonathan und ich sind elf oder zwölf. Wir sitzen auf dem Garagendach hinter dem Haus seiner Eltern und beobachten mit seinem Teleskop den Himmel. Durch eine ungeschickte Bewegung stoße ich es vom Dach. Meine Schuld, eine große Schuld. Wir klettern sofort runter, um den Schaden zu begutachten. Da kommt Jonahs Vater wütend auf den Hof gelaufen und gibt ihm eine Ohrfeige.

Seltsam unberührt sieht Jonah danach aus und blickt dem Vater fest in die Augen. Zieh das aus, schreit der tollwütige Mann, und als Jonah sich weigert, fängt er an, am Halsausschnitt des T-Shirts zu ziehen. Mit aller Gewalt reißt er Jonah das Kleidungsstück vom Leib und schlägt ihn auf die Schultern, auf die Brust, auf den

Rücken. Verteilt Hiebe, immer und immer wieder. Mit der rohen Hand verletzt und beschädigt er den eigenen Sohn.

Angst, der seelische Schmerz und Ekel, den ich vor Jonahs Vater empfinde, sind im Gedächtnis gespeichert. Das gewaltsame Abreißen des T-Shirts ist eine Demütigung, über die wir jahrelang nicht sprechen können. Wie eingebrannt sehe ich manchmal den nackten, unschuldigen Jonah vor mir, der die Brutalität stoisch erträgt, nicht weint, sondern auf das Abebben der väterlichen Wut hofft. Und der ohne zu zögern meine Schuld auf sich nimmt, ohne Dank zu verlangen oder Wiedergutmachung.

Draußen in der Welt nieselt es, ein leichter Sommerregen sprüht auf die Windschutzscheibe. Die Wolken ziehen schnell. Ich weiß nicht wohin und schließe die Augen, sehe einen hellen, türkisfarbenen Fleck, eine Sonne, die strahlt.

Etwas Unruhiges flattert in mir.

Als ich nachts im Hotelbett liege, spüre ich einen Schatten. Ich möchte nach Hause und Jonah umarmen, durch seine Haare fahren und mich versichern, wir schaffen das. Ich stelle mir vor, wie Jonah am moorigen Ufer des Heidbachs liegt, die Arme unter dem Kopf verschränkt und die regenschwere Luft atmet. Der Hund neben ihm träumend, zuckt mit den Pfoten, als laufe er schnell.

Jonah steht auf, zieht die Schuhe aus und geht in den

Fluss. Unter Weiden, die sanft im Wind schaukeln, stapft er der leichten Strömung entgegen. Er spürt die Kälte nicht. Ein Vogel fliegt über das dunkle Wasser hinaus auf das angrenzende Feld und Jonah folgt ihm. Er lässt sich auf den Acker fallen und spürt, wie der Schlamm seinen Körper annimmt und weich von unten hält. Beschmiert sich Arme und Brust. Er mag es, wenn der nasse Sand auf seiner Haut trocknet. Ruhig liegt er da, gibt sich der Natur hin und die Nacht gleitet an ihm vorüber.

Ich sehe sein Gesicht vor mir, die hellen Augen. Das Regenwasser lässt die Haare weich werden, das Flusswasser nicht. Es enthält zu viele Algen, sagt er zu mir. Und ich muss lachen.

Ich spüre so etwas wie Demut. Plötzlich weiß ich, dass trotz aller Schwierigkeiten, die wir miteinander haben, seine Liebe in mir Glücksgefühle hervorruft.

Am Ende der Woche fährt Marten mich nach Hause. Ich sehe Jonah hinten im Garten arbeiten, schlendere über den Hof, bestaune eine Schüssel, aus der violettfarbene Stauden wachsen, und streichele den Hund, der bellend um mich herumspringt. Die Hummeln summen laut im Lavendel, der vor der Terrasse wächst. Es ist, als beträte ich eine andere Welt, in der niemand anders Platz findet, nur wir zwei.

Hallo, sage ich zögernd und erinnere mich kurz, dass wir am Montag wortlos auseinandergegangen sind.

Schweigend lächelt er mich an, ein hingebungsvoller Blick. Dann presst er beide Handballen auf die Augen.

Ich stelle mir vor, wie wirre Muster und bunte Farben auf ihn zuschießen. Als er die Hände herunternimmt, sehe ich, dass er sich schämt. Schnell senkt er den Blick.

Ich bin unsicher und überlege, was ich sagen soll. Der Gedanke drängt sich auf, dass ich niemand anderem solche Übergriffe zugestehen würde. Es kommt mir vor, als trügen wir Jonahs Erbe gemeinsam. Mit diesen Auswirkungen leben wir.

Jonah wirkt verwahrlost, als hätte er kein Obdach. Kleidung und Körper sind mit Lehm beschmutzt. In den Haaren hängen kleine Blüten und Blätter, schwarze Ringe unter den Augen. Ich erschrecke über einen Riss in seinem Hemd. Zaghaft greife ich danach, so langsam, dass ich meine Hand zurückziehen kann, wenn ich merke, dass er es nicht möchte. Doch er bleibt stehen und lässt sich ansehen, dreht den Kopf zur Seite. Der leichte Schnitt ist schon verheilt.

Bist du in den Büschen hängen geblieben?

Schweigen.

Sprichst du nicht?

Er presst die Lippen zusammen, sieht mich traurig an und schüttelt den Kopf.

Dann geh ich mal rein.

Auf dem Weg zum Haus spüre ich seine Blicke.

Im ersten Stock bleibe ich im Türrahmen des Schlafzimmers stehen. Jonahs Kopfkissen liegt auf dem Boden, meins in der Mitte. Es ist eingedellt, ich kann noch seine Kopfform erkennen. Das weiße Laken sieht aus wie dunkelbrauner Waldboden: Erde und Tannennadeln, Blätter, Schmutz. Außerdem hat Jonah viele Male darauf ejakuliert.

Ich lasse mir nichts anmerken, ziehe das Bett ab, schmeiße das Laken in den Mülleimer in der Küche und stopfe die Bettwäsche in die Waschmaschine. Im Schlafzimmer schiebe ich die Vorhänge auf und öffne die Fenster weit. Jonah steht unten auf der Wiese und sieht zu mir empor.

Als ich die Decken und Kissen ausschüttle, streift er um das Haus, lauernd, wie ein unruhiges Tier. Ich beziehe alles frisch und räume meine Tasche aus.

Im Kühlschrank finde ich Gemüse. Während es im Ofen gart, blicke ich durch das Küchenfenster.

Das Essen ist fertig, ich rufe ihn. Als er nicht kommt, gehe ich mit den zwei Tellern auf die Terrasse. Zögernd setzt er sich und isst mit Appetit.

Was hast du in den letzten Tagen gemacht?

Unschuldig sieht er mich an. Sein Schweigen ärgert mich nicht. Wie eine dunkle Höhle liegt es vor mir. Ich kann es erkunden und darin forschen und versinken. Die Tiefe und Ruhe ziehen mich an. Jeder Zweifel schwindet.

Ich sehe ein Licht in ihm, es leuchtet in allem, was er tut. Keine Gewalt kann es bezwingen oder zu fassen bekommen. Der Gedanke gefällt mir.

Es ist halb acht, ein verschwommenes, nachdunkelndes Licht sinkt vom Himmel auf die Erde.

Ich geh jetzt rein, sage ich leise und weiß, er wird gleich nachkommen.

Auf dem Weg ins Bad sehe ich im Arbeitszimmer ein kleines neues Bücherregal. Jonah hat es während meiner Abwesenheit aus alten Hölzern zusammengebaut, vermutlich, weil ich mich am Wochenende über mangelnden Platz beschwert habe. Auch zwei meiner Bilder hat er gerahmt. Die Verschiedenheit der Hölzer signalisiert Leichtigkeit.

Im Badezimmer lasse ich ein Schaumbad einlaufen, öffne das Fenster und sehe zu, wie sich die wenigen Wolken verändern. Eine leichte Brise streift meine Arme und ich überlege, ob mein Leben die Mühe wert ist.

Da steht er in der Tür und ringt nach Worten. Aber offensichtlich fällt ihm nichts ein. Schließlich überwindet er sich.

Kann ich zu dir, fragt er zaghaft.

Ich staune über seine tiefe Stimme und über die Vertrautheit, die sie weckt - muss mich erst besinnen und nicke dann schnell.

Das Knacken der Dachbalken erinnert mich daran, wie sich unsere beiden Leben zu einem kleinen Kosmos zusammenziehen. Ich werfe einen letzten Blick auf den Holunderbeerenbusch, der gegenüber am Feldrand wächst, und schließe das Fenster.

Komm, sag ich und deute auf die mit Wasser und Schaum gefüllte Badewanne, du bist so — schmutzig.

Er tritt auf mich zu und dreht seine dreckigen Hände in der Luft, damit ich sie von allen Seiten betrachte.

Ich schäme mich, weil ich dich verletzt habe, flüstert Jonah schüchtern.

Etwas in mir regt sich, aufsteigende Wut. Ich möchte ihn anschreien, ihm drohen: Wenn du das noch mal machst, dann . . .

Doch schnell verflüchtigen sich diese Gefühle. In seiner ruhigen, dunklen, ernsten Art steht er da und sieht mich lange an. Er wartet auf eine Berührung, beugt sich zu mir herunter und ich fühle mich lebendig und geliebt, obwohl ich weiß, dass Mit-Jonah-Sein nicht vernünftig ist.

Du lässt dich absichtlich gehen, um zu zeigen, wie schlecht es dir geht, wenn ich nicht da bin. Oder?

Weiß nicht, entgegnet er. Es klingt so ehrlich, dass ich es fast glauben möchte.

Vorsicht. Unser Annähern ist zart wie seidenes Papier. Die Verletzungen, die wir uns am Montagmorgen zugefügt haben, sind noch nicht verheilt.

Nachts, als sich der schwarze Himmel mit Sternen schmückt, liegen wir zusammen im Bett, aber Jonah bleibt auf seiner Seite. Er ist behutsam und achtet auf das von mir bestimmte Tempo. Er neigt seinen Kopf in meine Richtung und wartet. Dann fahre ich mit der Hand durch seine Haare und berühre sein Gesicht. Seine Augen fangen Feuer, ein Lächeln voller Zuneigung.

Du kannst mich nicht festhalten, sage ich, nicht besitzen.

Ich weiß, flüstert er.

Ich bin schon so oft gegangen und immer wiedergekommen. Warum zweifelst du daran?

Er kann sich nicht erklären.

Bleierne Müdigkeit hüllt mich ein und ich rutsche zu ihm herüber in seine Arme. So selbstverständlich wie draußen der Regen die Felder aufschwemmt, lege ich mein Gesicht auf seine Brust und schlafe ein.

Im Sommer

Dezember

Es schneite am Morgen und der Wind wehte die Flocken weiter. Sie blieben erst liegen, wo die Böen nicht hinkamen, und bedeckten kristallen die große Stadt. Die Pfützen auf dem Weg zur Haltestelle waren überfroren.

Nathan Kantereit sah sich kurz um, schlug den Mantelkragen hoch und zog den Knoten seines Wollschals fest. Die S-Bahn am Tiergarten fuhr pünktlich ab, er war gut gelaunt. An der Haltestelle Bellevue beobachtete er aus dem Fenster, wie die Ampel unten an der Fahrbahn von Rot auf Gelb auf Grün sprang, als bliebe alles gleich. Ein ungestörter, sich wiederholender Rhythmus.

Am Hackeschen Markt stieg er aus und genehmigte sich einen Blick auf den Fluss, der sich schmal an der Museumsinsel vorbeischlängelte. Wie immer, wenn er über die Friedrichsbrücke ging, betrachtete er kurz unauffällig die alte Frau, die dort auf einem Hocker saß und Akkordeon spielte. Links lag der Berliner Dom mit seiner Kuppel, die eine grüne Patina aus verschiedenen organischen Kupferverbindungen trug und keine Schneeflocken auf sich zu dulden schien.

Er eilte auf das Museum zu, über den Vorplatz. Das majestätische Gebäude der Nationalgalerie faszinierte ihn jeden Tag aufs Neue und einen Moment lang fühlte er sich geehrt, hier arbeiten zu dürfen. Hat er gut gemacht, der August Stüler, dachte er voller Stolz und drängte sich mit wichtiger Miene an den wartenden Touristen vorbei durch den Eingangsbogen.

Das Gefühl allerdings verlor sich schnell und während er die marmornen Stufen des Treppenhauses hochstieg, wandte er sich verächtlich von Max Slevogts Bild »Der Sänger Francisco d'Andrade als Don Giovanni« ab. Es spiegelte Slevogts Liebe zu Mozarts Musik wider, doch Nathan empfand die Farbe als zu dick aufgetragen. Zu viel Schwarz. Seit jeher hatte er eine Abneigung gegen pompöse Kleidung und Verkleidung gehabt, und die Art, wie der Sänger dort stand, so selbstüberzeugt, stieß ihn ab.

Nathan betreute drei Säle. Im ersten Raum, in dem Skulpturen von Reinhold und Karl Begas standen, hielten sich die Besucher kaum auf. Auch Nathan wachte hier nur für einen Bruchteil seiner Zeit über die vier steinernen Werke. Es war eher ein Zwischenraum, einzig die lichtblaue Kuppel mit der schlichten Glasrosette bannte mancher Besucher Aufmerksamkeit.

Im zweiten Saal hingen Bilder der Deutschrömer, Hans von Marées, Feuerbachs Mirjam und sein Frühlingsbild, ein Selbstbildnis von Arnold Böcklin, der fiedelnde Tod im Hintergrund und andere. Nathan umrundete wie jeden Morgen die Monumentalversion von Rodins »Denker«. Die glatte Oberfläche aufgebrochen, unruhig zerklüftet. Er musste sich auch heute Morgen wieder zusammenreißen, um nicht mit der Hand über die Oberfläche der Skulptur zu streichen.

Als er den dritten Saal betrat, atmete er tief ein, es kribbelte auf und unter der Haut. Erregung und Ehrfurcht. Dort hing sie. Lise Tréhot. Die Geliebte von Auguste Renoir, zwanzig Jahre alt. Wenn er ihr verträumtes Gesicht und die hüftlangen schwarzen Haare betrachtete, überkam ihn das Gefühl, zu Hause zu sein. Lange starrte er sie an, versuchte sich loszureißen, aber es half nichts, wie gefangen war er. Ihre vibrierende Farbigkeit berauschte seine Sinne.

Wo sind denn die Toiletten? Eine Besucherin brach in seine Gedanken ein, lachte schließlich zögernd und etwas verlegen.

Im zweiten Obergeschoss, antwortete er knapp. Dabei fiel ihm auf, wie lange er nicht mehr gesprochen hatte, am Wochenende nicht, Freitag war nicht viel los gewesen, es musste also mindestens vier Tage her sein. Er konnte sich nicht erinnern.

Nathan verließ den Raum, um in den anderen Sälen nach dem Rechten zu sehen. Dabei hielt er sich an eine gleichbleibende Vorgehensweise. Bevor er zu Lise zurückkehren durfte, musste er zehn Aufsichtsrunden im großen Saal drehen und danach kurz in den Zwischenraum sehen. Seine Arbeit korrekt und anständig auszuführen, war ihm ein großes Anliegen.

Sorgfältig beobachtete er Familien mit Kindern – bitte nichts anfassen, bitte nicht rennen. Den Besuchern begegnete er mit ausgesprochener Höflichkeit, nickte mit dem Kopf und mahnte nur, wenn jemand die Markierung zu überschreiten schien.

Eine feste Formulierung hatte er parat: Ich bitte Sie, Abstand zu halten! Wie oft hatte er diesen Satz in den letzten Jahren gesagt? Es war angenehm, dass er nicht überlegen musste und dabei nicht stotterte. Der Satz glitt sicher und ohne Störungen aus seinem Mund, souverän. Das war bei anderen Sätzen nicht selbstverständlich.

Nach einer guten Stunde sah Nathan nach Lise.

Erkläre mir die Liebe, ich habe sie nie gesehen, sagte er in Gedanken zu ihr. Lise zwinkerte ihm verführerisch zu und antwortete: Ich zeig sie dir. Tritt ein.

Nicht, dass er Stimmen hörte, so war es nicht. Eine fantastische Gedankenwelt. Vorstellung und Wahrnehmung der Realität mischten sich zuweilen.

Dann stellte er sich vor, wie er durch den mit Ornamenten reich verzierten Rahmen ins Frankreich des 19. Jahrhunderts trat. Die grünen, im Hintergrund angedeuteten, flüchtig skizzierten Büsche, die der Maler mit weißen, kurzen Pinselstrichen akzentuiert hatte, spiegelten Sonnenstrahlen.

Ein indirektes Licht, dass etwas Selbstverständliches hatte und eine wohlige Wärme und Trägheit erzeugte, die Nathan auf Lises Charakter übertrug. Eins mit sich und der Welt saß sie dort im Sommer und nahm ihn an, mit all seinen Fehlern und Schwächen.

Heute Abend wollte er lesen, wie es gewesen war, damals, 1868, in der Nähe von Limoges, wo Renoir zu der Zeit gewohnt hatte. Dort – »im Sommer«. Der Titel des Gemäldes hatte ihm gleich gefallen. Ein Personenname, Lises Name als Titel, hätte Vergänglichkeit assoziiert. Die Jahreszeit hingegen kehrte zyklisch wieder, solange die Erde existierte. Im Strom der Zeit würde Lise ewig leben.

Und jetzt, Lise?, fragte er.

Sie nahm seine Hand - er hätte sich das nicht getraut - und zog ihn durch die Weizenfelder. Eine Reihe von Akazien stand hinten am Feldrand und die Sonne hoch. Er kniff die Augen zusammen, öffnete sie wieder, sah Kreise und Formen vor den Augen, so hell war es. Grillen rieben ihre Flügel aneinander, das Zirpen war laut.

Wohin gehen wir?

Statt eine Antwort zu geben, zuckte Lise nur fröhlich mit den Schultern, dabei rutschte ihr Mieder von der rechten Schulter und gab die Sicht auf ihr Dekolleté frei. Schüchtern und glücklich lächelte Nathan sie an, der Himmel über ihnen wolkenlos, die Hitze stickig, aber das störte nicht.

Seine Mittagspause um Punkt eins verbrachte Nathan Tee trinkend und Schwarzbrot kauend in dem kleinen Aufenthaltsraum im obersten Stock. Allein saß er dort auf einem Plastikstuhl und studierte die Farbe des Firmaments. Anthrazit, ein warmer Ton mit niedriger Sättigung, dunkel, aus dem beständig Flocken fielen. Jemand hatte eine Zeitschrift auf dem Tisch liegen gelassen. Die Gala, lustlos blätterte er kurz durch die Sammlung von Lebensentwürfen und wunderte sich doch, wie sehr sie sich glichen.

Um Punkt zwei begann er seine Nachmittagsrunden fünfzehnmal durch die drei Säle, dann ein bisschen mit Lise klönen. Im Vorbeigehen warf er einen Blick auf die »Ruderer«. Hans von Mareés hatte sie, idealtypisch männlich, muskulös dargestellt, einen sogar nackt, kein Zweifel in ihren Gesichtern, nur Entschlossenheit. Mareés Bilder behagten Nathan nicht, vielleicht, weil er selbst nicht in das Bild von Männlichkeit passte, war er doch ohne jede Kraft, zwar groß, aber mit schmalen Schultern, blass, tatenlos. Nur allein fühlte er sich wohl, die Außenwelt verstörte ihn. Die »Ruderer« und »der grabende Mann« von Mareés waren anders, die waren zupackend, selbstbewusst und stark.

Für Lovis Corinth, der zusammen mit Max Slevogt und Liebermann das von Nathan recht verachtete Dreigestirn des deutschen Impressionismus bildete, hatte er noch am meisten Sympathien. Corinths kleines Bild »Das Meer bei La Spezia«, das in der rechten Flügelwabe hing, die er nie betrat, nur vom Türrahmen aus hineinschaute, gefiel ihm, ebenso wie die Walchenseebilder, die Darstellung des Luzerner Sees und der Ostsee, deren Abdrucke er einmal in dem großen Lovis-Corinth-Katalog nachgeschlagen hatte, der unten im

Museumsladen verkauft wurde. Verschiedene Blautöne, die Corinth mit purem Weiß akzentuierte.

Als Nathan seine Runden zog, mischte sich ein schriller, durchdringender Ton in seine Gedanken. Er lief los. Alarmiert. Im zweiten Raum stand ein Mädchen, etwa vierzehn Jahre alt, vor Liebermanns Bild »Haus am Wannsee«.

Ich mal da ein Reh rein, sagte sie zu ihrer Freundin, drehte sich dann frech lachend zu Nathan um, trat noch einen Schritt näher an das Bild und hob die Hand, in der sie einen orangefarbigen Neonmarker hielt.

Auf den ersten Blick meinte er, Lise in ihr zu erkennen. Die dunklen, langgewellten Haare, derselbe verträumte Ausdruck um den Mund. Nathan fand etwas in ihren Augen, was ihn mild stimmte. War es Lebensfreude, die ihn ansprach? Die Ähnlichkeit faszinierte ihn und für einen kurzen Moment konnte er sich nicht rühren.

Stimmt, wollte er sagen, Liebermanns Bilder sind eine Nuance zu braun oder zu grün. Er ist Impressionist. Hat Motive von Erholung, Entspannung, Urlaub dargestellt und dafür anscheinend, ich vermute das, nur abgemischte Farben benutzt, statt reine. Ein bisschen Orange hätte seiner Farbpalette gutgetan.

Wer geboren werden will, muss eine Welt zerstören, sagte das Mädchen und streckte ihm die Zunge raus. Die Art, wie sie die Worte betonte, breit und vulgär, stieß ihn ab und die Illusion zerplatzte. Die aggressive Kraft, die sie ausstrahlte, überforderte und ängstigte ihn. Das mutige Blitzen in ihren Augen ließ Nathan glauben, dass sie zu allem fähig war. Lise indes war von sanftem Gemüt und zärtlich. Wie hatte er diesem Irrtum unterliegen können, fragte er sich jetzt und sagte laut:

Ich bitte dich, Abstand zu halten! und fügte ein »junges Fräulein« hinzu, als käme er aus einem anderen Jahrhundert.

Junges Fräulein, verächtlich lachte das Mädchen, zog eine verzerrte Fratze, Opa! Steckte aber die Kappe wieder auf den Stift und zog mit ihrer Freundin davon.

Nathan beeilte sich, er unterbrach seine angefangene siebte Runde. Solange diese gefährliche Wilde im Museum war, würde er nicht von Lises Seite weichen.

Er wollte nur einmal kurz verschnaufen, setzte sich auf den Holzstuhl, den er sich gegenüber an die Wand gestellt hatte. Versinken. Die schwarzen Augen harmonierten wunderbar mit den schwarzen Haaren, an die er sich erst hatte gewöhnen müssen. Hellbraune Haare hätten das Gesicht nicht so blass wirken lassen, wären kein so starker Kontrast zu dem warmen Grün des Hintergrunds gewesen. Aber jetzt gefiel es ihm. Ihre sorglose Miene spendete Trost, stabilisierte ihn nach der Unruhe. Er hielt sich an ihr fest, sie waren Vertraute seit Jahren. Ihr entspanntes Gesicht kam ihm entgegen.

Die guckt müde, irgendwie gelangweilt oder dümmlich, hatte sein Kollege Thorsten mal gesagt, als er zufällig durch den Raum gegangen war, und in Richtung Bild gewiesen. Nathan hatte das erst verwundert und dann verletzt. Bis heute hatte er die Aussage nicht vergessen, nahm sie ihm übel, trug sie ihm nach, und wenn er Thorsten im Treppenhaus oder im Kassenbereich der großen Eingangshalle zufällig traf, mied er seinen Blick und wandte sich schnell ab. Unverzeihlich, dass jemand so etwas über seine Mademoiselle Tréhot sagen konnte.

Dann fiel ihm der erste Raum ein und dass er dort schon lange nicht gewesen war. Wie um sich zu entschuldigen, beschloss er, eine halbe Stunde hier zu verbringen, und stellte sich in den Türrahmen.

Wenn in der Dämmerung die Stadt hinter den großen Fenstern des Treppenhauses verschwand und er bald nur noch die Spiegelbilder der Besucher und sein eigenes im Glas erkennen konnte, brach eine ruhige Zeit an. Der Besucherstrom riss ab, und er verzog sich in den hintersten Saal, in dem Lise zwischen den anderen französischen Impressionisten hing.

Die Tage vor Weihnachten genoss er sehr, wenige Besucher flanierten durch die Etage, kaum Touristen oder Familien mit Kindern. Nathan hing seinen Gedanken nach, und wenn er nicht mit Lise sprach und ihrem Charme erlegen ein wenig mit ihr flirtete, betrachtete er verstohlen die Schauenden, selbst ein Beobachter zweiter Ordnung.

Als sich in seiner Nähe eine Frau den schwarzen Blazer auszog und einen tätowierten Rücken unter dem geschnürten Kleid freigab, dachte er darüber nach, dass bestimmte Bilder oder Bildelemente ausschließlich zum Wegsehen existierten. Das lag weniger an ihrem Motiv, als an dem Ort, wo man sie fand. Eine spannende Unordnung auf dem Rücksitz eines Autos, interessant zu beobachten, doch unmöglich, wenn der Fahrer im Auto saß. Gardinen oder Fenster, die möglicherweise Einblicke in Privates gaben, geöffnete Koffer oder Handtaschen zu beschauen war ebenfalls nicht erlaubt. Und Tätowierungen wie das florale Muster auf dem nackten Frauenrücken vor ihm. Kompromittierend wäre ein längeres Hinsehen. Was genau wollte die Frau? Er musste sich beherrschen, der Schaulust zu widerstehen, so unhöflich oder gar aufdringlich wollte er nicht sein, aber warum lenkte sie die Aufmerksamkeit des Betrachters auf solch eine intime Stelle? Gern hätte er eine Antwort auf seine Frage bekommen, doch die Frau anzusprechen, lag außerhalb seiner Vorstellungskraft, absolut unmöglich erschien es ihm. Seine Unsicherheit war zu groß, er würde kein Wort herausbringen, womöglich stottern, ausgelacht und verletzt werden. Nein, bei Lise war er in Sicherheit. An sie hielt er sich.

Heiligabend war das Museum geschlossen und zu allem Überfluss hatte Nathan auch noch die Woche zwischen den Jahren freibekommen, zwangsweise.

Kantereit, hatte sein Chef gesagt, du hast in den letzten Jahren immer Weihnachten gearbeitet, jetzt bist du mal dran mit frei.

Er hatte versucht zu widersprechen, doch ohne Erfolg. Dann bin ich also dran ... mit frei, dachte er, als er am Abend des 23. Dezember die Nationalgalerie verließ. Zuvor hatte er sich ausgiebig von Lise verabschiedet, lange in ihrem Saal gestanden, sie ausführlich betrachtet und in sich aufgenommen.

Nathan Kantereit fuhr mit der Bahn nach Hause. Seine Zweizimmerwohnung lag in einer Straße, in der die Häuser vielstöckig waren, die Parkplätze rar und die Bäume selten. Im Aufzug drückte er auf die Fünf. Zwölf Wohnungen befanden sich auf der Etage, doch er kannte keine Nachbarn. Kam ihm ein Mensch entgegen, grüßte er einsilbig, leise und ohne Blickkontakt.

In seiner Wohnung jedoch fühlte er sich wohl. Das Wohnzimmer mit einer kleinen Eichenschrankwand, einem Sofa und einem Couchtisch war hell. Das Fenster und die Balkontür zeigten zur lauten Straße, weshalb Nathan sie selten öffnete, nur kurz zum Lüften, ohne dabei jemals den schmalen davorliegenden Balkon zu betreten. Im Schlafzimmer standen nur ein Kleiderschrank und sein Bett, über dem ein gläsernes Modell des Sonnensystems hing - und an der Wand ein Druck von Lise. Müde legte er sich auf das Bett, schaltete einen Strahler an, der das Mobile beleuchtete, dachte an die Bilder vom russischen Raketenstartplatz, dem Kosmodrom Baikonur, er hatte sich Fotos davon auf seinem Laptop angesehen. Wie musste Juri Gagarin sich gefühlt haben, als er von dort aus 1961 als erster Mensch in den Weltraum aufgebrochen war, ungewiss, ob sein Körper den Bedingungen und Strapazen gewachsen sein würde, ungewiss, ob er lebend zurückkehrte. Schon als kleiner Junge hatte Nathan sich für Raumfahrt und Astronomie interessiert, sodass seine Mutter ihm dieses Modell, das jetzt über seinem Bett Licht reflektierte und wie durch ein Prisma Strahlen an die Wände warf, geschenkt hatte. Er konnte sich überhaupt nicht vorstellen, jemals in einem Bett einzuschlafen, über dem nicht dieses Sonnensystem hing.

Der nächste Morgen war kühl und klar, die Sonne stand tief. Auf dem Weg zum Einkaufen sah Nathan eine Stelle im Kanal, ganz vorn, vor der ziegelroten Mauer des Wasserlaufs, wo gefrorene Schollen aneinanderstießen. Die auf dem Gehweg stehenden Bäume warfen dunkle Flächen auf das Eis und Nathan konnte sich nicht losreißen von den Schattengestalten.

Tiere auf dem Eis, Wesen auf dem Eis, murmelte er leise mehrmals vor sich hin, ging dann in einen Supermarkt und kaufte sehr viele Lebensmittel ein, als plante er, seine Wohnung wochenlang nicht zu verlassen.

Zuhause sortierte er sie sorgfältig in die Schränke, dann machte er sich ein zweites Mal auf den Weg.

In der Bibliothek herrschte eine Stille, die er als angenehm entspannend empfand. Einige Leser saßen auf roten Polstermöbeln in der Café-Ecke und Vereinzelte an den Katalogcomputern.

Er stöberte durch die Regale, lieh sich Kunstbände über Renoir, Cezanne, Gauguin aus, Paul Signac war auch dabei, und ein Buch über die Kulturgeschichte der Farbe.

34

Hochstimmung erfasste ihn, Freude auch, mit diesen Texten würde er sich Lise nähern können. Mithilfe des Wissens konnte er von der gemalten Oberfläche in die Tiefe dringen und ihren Charakter erforschen.

Außerdem griff er nach einigen Frankreich-Reiseführern. Nicht, dass er es je gewagt hätte, einen Aufenthalt im Ausland zu planen. Das war zu unsicher, wie sollte er das auch anstellen, er sprach kein Französisch, hatte keine Ahnung, wie eine Reise zu buchen war, und obwohl er das nötige Geld zur Verfügung gehabt hätte, kam noch ein wichtiger Faktor hinzu: Er war zufrieden, hier, im winterlichen Berlin, zwischen Nationalgalerie, Rewe und der Bibliothek – es war gut und genug für ihn.

Nein, er wollte etwas über Limoges lesen, den Ort, wo Lises Gemälde entstanden war. Wo lag das nochmal? Im Südwesten Frankreichs, meinte er sich zu erinnern und wählte noch ein Buch über die Region Nouvelle-Aquitaine aus.

Auf dem Weg zur Ausleihe zählte er die Bücher. Elf, deshalb zog er noch wahllos einen Bildband aus dem Regal. Über Francis Bacon. Er blätterte kurz durch das Buch, schon auf den ersten Seiten verstörten ihn Bacons Werke. Körper, Fleisch, Blut, mehr erkannte er nicht. Gewalt. Die Farbenfröhlichkeit der französischen Impressionisten, ihre verspielte Leichtigkeit, davon war nichts zu sehen.

Es hagelte, als er die Bibliothek verließ. Er blieb einen Moment in der Drehtür stehen, suchte Schutz vor den

Elementen, entschied sich dann doch loszulaufen, mit der schweren Tasche auf dem Arm.

Völlig durchnässt kam er zu Hause an. Es war sechzehn Uhr und er zog sich aus, drehte die Heizung auf, erst mal Tee trinken und Lebkuchen essen, schließlich war Heiligabend.

Behagliche Stimmung. Nathan besaß zwar keinen Weihnachtsschmuck, doch hatte er heute Morgen Kerzen gekauft, die er jetzt anzündete und die die Küche in ein gemütliches, warmflackerndes Licht tauchten. Er saß am Tisch, musterte die dekorierten Fenster der Häuserfront auf der anderen Straßenseite, buntblinkende Lichterketten, Pyramiden, Schneemänner, Sterne in allen Farben. Im Radio lief das Weihnachtsoratorium, gesungen vom Thomanerchor Leipzig. Alle sechs Teile hörte Nathan sich an und blätterte dabei im Bildband von Renoir. Der Druck von Lise war hier viel zu ockerfarben. Es ärgerte ihn, dass die Farben so verfälscht waren, als hätte jemand eine hellbraune Folie über das Bild gelegt. Das hier war nicht seine Lise. Ihre erotische Ausstrahlung ging verloren, ebenso der Glanz, der sie auf dem Original umgab. Ihre Haut wirkte fahl und nicht rosig, die sommerlich frischen Blätter im Hintergrund welkten bräunlich wie im Spätherbst.

Enttäuscht griff er bald schon nach Signacs Buch. Bis jetzt kannte er nur ein einziges Bild von ihm, jenes, das in der Nationalgalerie hing. »Stillleben mit Buch« hieß es - die drei Apfelsinen, eine davon geschält, ein Apfel, ein Buch und ein kleiner Blumenstrauß in gläserner

Vase hatten ihn bis jetzt eher gelangweilt. Aber die Werke, die er nun in dem großformatigen Kunstband sah, beeindruckten ihn doch. Die Concarneau-Reihe - Morgenruhe, Abendruhe, Sardinenfischen, Rückkehr der Schaluppen – der getupfte, in ungemischten Farben nebeneinandergesetzte Punkt, der Pointillismus sprach ihn an.

Etwas regte sich in ihm, und nachdem er längere Zeit die Figuren auf dem Gemälde »Zeitalter der Harmonie« studiert hatte, fiel ihm ein, was es war. Das System, das Signac verwendete, die Tüpfeltechnik des Divisionismus, die aus der Nähe wie buntes Konfetti aussah und erst aus der Distanz das Bildmotiv erkennen ließ, erinnerte Nathan an zwischenmenschliche Beziehungen. Von Weitem ergaben sie Sinn, aber näherte er sich, fiel es ihm schwer, die Motive des Gegenübers zu erkennen, selten waren sie greifbar . . . Neulich in der Bahn zum Beispiel hatte ihn eine Frau angelächelt, er war irritiert gewesen, hatte schnell verlegen aus dem Fenster gesehen. Warum tat sie das? Sie kannten sich doch nicht! Außerdem trug sie . . . oder war das kein Ehering? Bald schon hatte er gespürt, dass sie ihn immer noch beobachtete und war darüber ärgerlich geworden. Es empörte ihn und er stieg aufgewühlt an der nächsten Haltestelle aus, obwohl er sein Fahrziel noch nicht erreicht hatte.

Er klappte das Buch zu. Die Kerzen in der Küche waren heruntergebrannt, wie viel Zeit war vergangen? Es war mitten in der Nacht, kurz vor zwei. Der sichelförmige Mond schien fahl. Müde schlurfte er in sein Schlafzimmer, ließ sich auf das Bett fallen und versank in einer Zwischenwelt. Während er an seinem Kopfkissen roch, einen leichten Seifengeruch wahrnahm, lösten sich alle Blockaden und er stellte sich - wie oft schon - vor, im Lotto gewonnen zu haben, dem Museum das Bild von Lise abzukaufen und es in sein Schlafzimmer zu hängen. Gegenüber an die Wand, sodass er sie von seinem Bett aus sehen konnte. Das Poster von ihr, das jetzt an der Stelle hing, war kleiner als das Original, ein billiger Druck in bläulichem Ton, grobkörnig. Doch damit musste er sich zufriedengeben, in freudiger Erwartung auf seinen ersten Arbeitstag, an dem er Lise wiedersehen würde.

Wann war es eigentlich entstanden, das innige Gefühl? Er und ein Ölgemälde! Die Liebe ad absurdum geführt. Eine Unmöglichkeit, die er nie in Betracht gezogen hatte. Lise, dieses Mädchen aus einer anderen Zeit, mit ihrer speckigen Gestalt und ihren rosigen Wangen, brachte ihn dazu, sich das T-Shirt auszuziehen, sich mit der Hand über die Brust und dann in die Boxershorts zu fahren. Ihre nackten Schultern. Er stellte sich vor, wie sie nebenbei, lasziv, ihr Oberteil abstreifen würde . . . Es erregte ihn, dass sie zusah, wenn er sich berührte. In seiner Fantasie würde sie mitmachen, die Führung übernehmen, sich auf ihn setzen, sich nicht schämen, sondern lustvoll stöhnen. Ihn mit ihren langen Haaren bedecken.

Die nächste Woche verbrachte er allein in seiner Wohnung. Der Platz am Küchentisch, das Bett im Schlafzimmer und das Wohnzimmersofa, jene Orte verwoben zu einer einheitlichen Struktur, er schien sich in allen gleichzeitig aufzuhalten, spürte kein Bedürfnis hinauszugehen. Draußen aschgraue Einfarbigkeit, ständig bereit, Regen, leichten Schnee und Hagel fallen zu lassen.

Die ersten Tage schlief er viel. Lag dann lange wach, nahm nachts die Ruhe in sich auf und wurde eins mit dem Universum. Sternenstaub.

Er hatte immer gemeint, er könne ohne Lise leben, doch jetzt fühlte es sich anders an. Ein fester Druck, eine Unzufriedenheit mit der realen Welt, die ihm Lise vorenthielt, lastete auf seiner Brust und beschwerte sein Herz.

Um sich abzulenken vertiefte er sich in seine Bücher, in Radiosendungen, lauschte den Geräuschen, die gelegentlich aus den Nachbarwohnungen herüberdrangen, und versank in Tagträumen. Manchmal spielte er auf dem Laptop Schach, legte Karten, las die Nachrichten. Die Silvesternacht verbrachte er, wie den Heiligabend schon, am Küchenfenster. Aus Versehen trank er die Flasche Sekt leer und staunte über das Feuerwerk. Goldener Regen und bunte Funken zerplatzen, fielen hinab und verglühten in der Dunkelheit. Die Luft metallen und schwefelnebelig, zum Zerschneiden dick.

Am folgenden Tag ging es ihm nicht gut und er blieb im Bett.

Sonntag dann stand er zufrieden auf, duschte, wusch seine Kleidung, bügelte Hemden und bereitete sich auf den nächsten Tag vor, dann würde er endlich Lise wiedersehen. Aufregung und Vorfreude pulsierten durch seinen Körper. Er zwang sich zur Ruhe, wollte zeitig ins Bett, spätestens um halb zehn, stellte den Wecker viel zu früh und schlief pünktlich ein.

Januar

Die Bäume wogten im Wind hin und her, als wollten sie ihre Wurzeln aus der Erde ziehen. Die schwindende Morgendämmerung hinterließ ein helles Grau. Nathan stemmte sich gegen den Sturm und eilte über den Museumsvorhof. Glücklich spurtete er die dreizehn Stufen zum Kassenbereich hoch. Heute störte ihn nicht mal die ungerade Zahl. Schnell zog er sich um, schloss seine Kleidung in den schmalen Spind im Aufenthaltsraum, schnürte sich die schwarzen Lederschuhe mit der Gummisohle zu, die auf dem Boden in der Ausstellung keine Geräusche hinterließen. Andächtig betrat er den ersten Saal, sah nach oben, zählte schnell die Kästen der Deckenabhängung. Es waren nach wie vor siebzehn längs und elf quer. Beruhigend. Eine kleine Runde um den Denker. Aus dem Funkgerät, das an seinem Ledergürtel hing, rauschte es, und während eine Stimme, 4-0-7, eine Fahrt aus der Drei, bitte! sagte betrat Nathan Lises Raum. Federnden Schrittes stellte er sich vor das Gemälde und nahm ein Glück wahr, dass er ungeachtet aller Sonderlichkeit, die diese Beziehung barg, nur in Lises Anwesenheit empfand.

Lise, in voller Größe und unverfälschten Farben! Sie lächelte ihn kokett an und ihr goldener Rahmen glänzten im künstlichen Licht der indirekten Beleuchtung. Er kniff die Augen zusammen, als blende ihn die Sonne, doch versuchte er nur, schärfer zu sehen, und trat deshalb näher vor das Bild. Jedes Detail wollte er im Gedächtnis, im Herz speichern. Ein schwereloser Moment höchster Konzentration.

Nathan hatte ungefähr eine halbe Stunde bei Lise verbracht, als zwei Männer mit einer Holzleiter erschienen. Mit weit aufgerissenen Augen beobachtete er, wie sie Lise unter größter Vorsicht von der Wand nahmen und ihre Aufhängung aus der Schiene entfernten. In diesem Augenblick, in dem sich die Veränderung vor ihm auftat, spürte er eine Verletzung. Einen Riss, der sich durch sein Herz zog. Es zerfiel lautlos in zwei Teile. Der Schmerz und die aufkommende Verzweiflung verursachten ein panisches Luftholen.

Unter Schock sah er zu, wie sie Lise in einen großen, temperierten Safe legten. Er wollte mit den Männern sprechen, verwarf jedoch die Sätze. Eine fieberhafte Suche nach Worten. Es war nichts da, was er hätte sagen können. Kurz fing er an zu lachen, leise und als Schutz. Fuhr sich ruppig durch die Haare. Was sollte er tun?

Dann schlossen sie den schwarzen Sarg und trugen ihn mit Lise – einer vorn, einer hinten - aus dem Saal. Natürlich hatte er gewusst, dass nichts für immer währte, dass Lise nur eine Leihgabe war, dass sie irgendwann in das Renoir-Haus an der Cote d'Azur zurückkehren musste.

Kalt und leer würde der Raum ohne sie sein. Fremd werden. Unerträglich die Entwurzelung, ohne Lise hatte er kein Zuhause. Auf die Lippe gebissen, schmeckte er Blut.

Es kamen Tränen. Eine Demütigung, die er vor den Museumsbesuchern nicht offenbaren würde. Die Hände vor das Gesicht haltend, stürzte er ins Treppenhaus, die Treppe hoch und durch den Notausgang auf das Dach. Das kann nicht sein, davon haben sie mir nichts gesagt. Empörung kam hinzu, bis ihm auffiel, dass ihn noch nie jemand über Veränderungen in der Sammlung unterrichtet hatte. Was hatte er auch erwartet? Der Kurator würde doch nicht ihn, den Museumswärter Nathan Kantereit, über Leihgaben und Neuankäufe informieren. Zugegebenermaßen hatte es ihn bis jetzt auch wenig interessiert.

Er versuchte, sich auf das Luftholen zu konzentrieren. Zum Atmen braucht man nur eine Lunge und keinen Grund, dachte er. Und zum Leben?

Das Mädchen mit dem Textmarker fiel ihm ein und die Ähnlichkeit zwischen ihr und Lise. Der Satz, den sie gesagt hatte, arbeitete in seinem Kopf, wer geboren werden will, muss eine Welt zerstören.

Der Himmel war seidenweiß. Das Bild der Stadt unter ihm, verlor die Konturen und wurde innerhalb von Sekunden eins mit dem gleißenden Licht. Bald erkannte Nathan Ähren, die sich im Wind beugten und hört das zischelnde Rauschen eines Weizenfeldes. Wann kommst du? rief Lise. Plötzlich spürte er Ruhe und eine Entschlossenheit, die ihn selbst überraschte.

Während er über die Balustrade kletterte, wehte ein lauer Sommerwind, und leichthin, als wäre die Entscheidung lange schon gefallen, trat er einen Schritt vor.

Profillicht

Seit Jahren hängt das Wort UNSICHTBAR in meinem Kopf fest. Ich habe es untersucht und von allen Seiten besehen. In andere Sprachen übersetzt und mit verschiedenen Worten kombiniert. Unsichtbare Gegner, unsichtbare Kräfte, unsichtbare Macht, unsichtbare Mauer.

Unsichtbare Mauer bleibt. Bleibt und bleibt. Ist nicht wegzudenken, auszuradieren, nicht zu löschen, abzuleiten, nicht abzuschütteln, zu vergraben oder zu verdrängen. Wie ein Spot in meinem Kopf, der nur diese beiden Worte beleuchtet, umkreist und sie aus allen Perspektiven erhellt.

Unsichtbare Mauer

In der Straßenbahn sehen wir uns an. Draußen fliegt die Stadt vorbei, Wohnhäuser, Bürotürme, die Binnenalster. Er hält sich an der Mittelstange fest und geht einen Schritt auf mich zu. Ohne den Blick abzuwenden spricht er mich an.

Sag was. Seine Stimme ist leise, etwas heiser.

Ich lächele ihn an. Hellbraune Augen. Er geht einen weiteren Schritt auf mich zu.

Stopp, antworte ich und trete plötzlich nervös von einem Bein auf das andere.

Unsichtbare Mauer

Er lacht laut auf und weicht zurück. Verstohlen mustere ich sein Spiegelbild im Fenster, den ungepflegten Vollbart, die langen, gestuften Haare, Seitenscheitel, hellbraun und fettig.

Wohin fährst du?

Mir fällt nichts ein, ich stottere.

Wieder lacht er. Seine Augen sprühen Funken, kleine Fältchen. Es kribbelt. Sind das Schmetterlinge?

Du hast es vergessen?

Ich werfe einen Blick auf seine Hände, mit denen er sich über die Stirn reibt. Lange Finger. Schmutzige Nägel. Ich muss aussteigen, so geht das nicht. Denke an den Arzt, der mir die Diagnose stellte. Wie eine Warnung schwebt sie über mir.

Unsichtbare Mauer

Es piept, die Türen öffnen sich automatisch.

Warte mal, ruft er und steht neben mir auf dem Bahnsteig.

Gehen wir kurz einen Kaffee trinken?

Die Betonung der Worte weckt Vertrauen.

Ich möchte meine Hand auf seine Brust legen und

den Herzschlag spüren. Im Geiste sehe ich meinen mahnenden Vater: Nicht so schnell vertrauen!

Komm, einen Kaffee. Ja?

Wir gehen nebeneinander, unsere Winterjackenärmel berühren sich. Er weicht aus, zieht seinen Arm zurück. Aus der Jacke holt er Zigaretten und zündet sich eine an. Der Rauch verzerrt die Luft wie eine Fata Morgana. Dann hält er mir die geöffnete Schachtel hin. Ich lehne ab. Langsam und bedächtig sind seine rauchenden Bewegungen. Von der Seite betrachte ich sein Gesicht. Ist er müde? Einen Moment überlege ich, ob er Drogen nimmt. Seine Augen haben einen leicht glasigen Schimmer.

Was hast du gedacht, fragt er neugierig.

Ich entscheide mich für die Wahrheit. Nimmst du Drogen?

Er scheint aus dem Konzept gebracht, tut empört und lacht verlegen.

Nein, ganz selten. Nur Hasch und du?

Ich brumme und lasse offen, was das heißt.

Das kalte morgendliche Blau über der Edmund-Siemers-Allee weicht dem Schein der Sonne. Er geht still neben mir und lässt Platz. Der Abstand zwischen uns entspannt.

Wie heißt du? frage ich.

Nenn`mich Hansen. Während er spricht, zeigt er auf eine kleine Bäckerei, die gegenüber der Unibibliothek liegt. Wollen wir?

Plötzlich fühle ich mich überrumpelt, ich kann nicht

verorten, wo das Gefühl herkommt, und nicht verstehen, warum es da ist.

Nein, entschuldige, sage ich deshalb.

Unsichtbare Mauer

Ich sehe die Enttäuschung in seinem Gesicht, obwohl wir uns kaum kennen.

Okay. Er hebt beide Hände in die Luft und ergibt sich, tritt einen Schritt zurück. Sag mir noch, warum nicht?

Sein Lächeln ist anziehend, ich schwanke und überlege, entscheide mich jedoch dagegen. Stattdessen drücke ich die Ampeltaste, wende mich Richtung Campus und höre ihn hinter meinem Rücken sagen: Ist dir wieder eingefallen, wohin? Er lacht, während er das sagt, es klingt warm und versöhnlich. Wie heißt du überhaupt?

Maja, antworte ich und zwinkere ihm zu. Vielleicht sehen wir uns ja morgen in der Bahn.

Ich winke zum Abschied, überquere die Straße und steuere auf den hohen, dunklen Turm der Universitätsbibliothek zu.

Am nächsten Morgen rattert der Zug über die Schienen, ich studiere das in das Fenster gekratzte A im Kreis. Es bedeckt die ganze Scheibe und ist handwerklich gelungen. Der Kratzer hat sich Mühe gegeben, jeder Strich sitzt perfekt. Plötzlich steht Hansen neben mir. Ich erschrecke, als ich ihn sehe.

Ist doch alles gut. Sanft hält er mich am Arm und ich finde mich in seinem Lächeln wieder.

Du bist ein bisschen komisch, sagt er.

Das hört sich in meinen Ohren seltsam an, aber ich nicke.

Manchmal finde ich alles schwierig, da weiß ich nicht, wie ich mich verhalten soll, in bestimmten Phasen. Da gibt es keine Möglichkeiten, flüstert er.

Was meinst du, frage ich rätselnd. Und er berichtet von Selbstzweifeln, einer Depression und Therapie, als wären wir enge Freunde.

Wir stehen ganz nah und ich atme seinen Geruch, muffig, dunkel, anziehend.

Als ich das nächste Mal hinaussehe und die Ansage höre, befinden wir uns in einem Vorort, in dem die Zeit langsamer zu vergehen scheint. Kleine, alte Häuschen mit plüschigen Fransengardinen, wie sie im Haus meiner Großmutter vor allen Fenstern hingen. Vorgärten mit hohen Tannen.

Wo sind wir, frage ich.

Hansen zuckt mit den Schultern. Auf dem Haltestellenschild steht Hagendeel.

Wollen wir aussteigen?

Ich muss dir die Wahrheit sagen, denke ich, als wir aus dem Bahnhof treten. Jetzt ist ein guter Zeitpunkt.

Unsichtbare Mauer

Vor uns liegt Wald. Hansens Telefon klingelt.

Nil, ja, jetzt nicht, ich ruf dich später an, höre ich ihn sagen und überlege mir, wie ich es am besten formuliere.

Unsichtbare Mauer

Er lässt das Telefon in die Jackentasche gleiten und entschuldigt sich.

Ich muss dir unbedingt von Nil erzählen, vielleicht interessiert dich das. Er ist Maler, Cheap Art, er hat eine kleine Galerie in St. Pauli. Neulich hat er eine Ausstellung veranstaltet, seine Bilder in Packpapier eingewickelt und als Überraschungspakete verkauft, der Spinner. Seine Worte begleitet ein liebevolles Lächeln. Die Wärme, die er ausstrahlt, nimmt mich gefangen.

Wir schlendern einen schmalen Weg entlang. Das Licht bleibt an den Baumkronen hängen und erreicht den Boden nicht. Zwischen den Stämmen ist es dunkel.

Das Gewicht des Verschweigens lastet auf mir. Doch möchte ich sein Sprechen nicht unterbrechen, lieber warten, bis der Rhythmus des Gesprächs eine Pause ergibt.

Vor einer gefrorenen Pfütze bleiben wir stehen und betrachten schweigend die Konturen der Eiskristalle.

Was überlegst du, fragt er ein zweites Mal, seit wir uns kennen.

Jetzt, denke ich, jetzt ist der richtige Moment, und sage: Die Kristalle, obwohl sie so geordnet und symmetrisch sind, wirken doch geheimnisvoll. Oder?

Wortlos sieht Hansen mich an. Ist da Misstrauen in seinem Blick? Hat er gespürt, dass ich an etwas anderes dachte? Dass ich etwas verberge?

Nachmittag, es dämmert bereits. Wir kommen an einem Café vorbei. In schweigendem Einverständnis treten wir ein und setzen uns an einen Holztisch in einer Nische.

Es gefällt mir, wie Hansen spricht. Bedächtig und langsam, konzentriert nach den Satzenden suchend. Nichts Unterstellendes oder Dramatisierendes in seinen Worten. Er berichtet von seinen Brüdern, den Konkurrenzkämpfen und Rivalitäten, und ich wundere mich über die vielen Entsprechungen und erzähle ebenfalls von meinen drei älteren Brüdern, den Rangeleien und blauen Flecken, von wenigen Worten und großem Lärm.

Der Kellner kommt und wir bestellen Getränke.

Du hast Milch im Gesicht, sage ich, als er aus dem Kaffee wieder auftaucht.

Wo?

Obwohl es klar ist, hält er mir sein Gesicht hin. Deutlich spüre ich den Wunsch, ihn zu küssen, doch traue ich mich nicht. Deshalb streiche ich mit dem Daumen über seine Oberlippe.

Stunden verbringen wir im Café, trinken uns durch die Kaffeesorten, nehmen gar nicht wahr, wie die Zeit vergeht, so versunken sind wir. Und berauscht. Als wir schließlich in den kalten Wind hinaustreten, fällt uns auf, dass wir heute alles verpasst haben, Seminare, Vorlesungen, Freunde und Jobs.

Über den schwankenden Fichten am Waldrand ziehen die Wolken schnell. Während wir durch wilde Felder und an der Straße entlang zurück zum Bahnhof gehen, sieht er mich von der Seite an.

Was machen wir jetzt?

Da erst fällt mir wieder ein, dass ich es ihm erzählen wollte. Im Café war die Last schwerelos geworden. Jetzt wiegt sie doppelt so viel.

Vielleicht lebt es sich ungesagt besser, überlege ich und mir fällt Nietzsches Zarathustra ein. Die Umwertung aller Werte wäre eine gute Ausrede, um zu schweigen. Ausprobieren, ob der Nihilismus alltagstauglich ist. Doch ein Blick in Hansens Augen bringt mein gerade neu aufgestelltes Lebenskonzept zu Fall. Mir wird warm. Ich möchte ehrlich sein, er soll mir vertrauen können, und so beschließe ich, als wir am Hagendeeler Bahnhof ankommen, dass Kants kategorischer Imperativ doch meine Handlungsmaxime bleibt.

Kann ich mit zu dir? Hansen legt den Kopf schief und zieht die Augenbrauen hoch.

Ich schmunzele nervös. Sein Gesicht nah vor meinem. Er streicht mir eine Haarsträhne hinter die Ohren und beobachtet meinen Mund. Das erste Anzeichen eines Versprechens, das zwischen uns steht - es wird der Erschütterung nicht standhalten.

Unsichtbare Mauer

Warte, antworte ich und drücke ihn von mir weg, ich muss dir was sagen.

Eine Ansage, ich bin bereit, betonte er. Die Aufregung weicht aus seinem Gesicht und macht einer freundlich distanzierten Neugierde Platz, die mich überrascht. Vielleicht spürt er, dass es ernst ist.

Die Suche nach passenden Worten gelingt nicht. Ziellos schaue ich mich um, meide seinen Blick. Mir fällt kein Anfang ein. Eine Atempause, in der ich fast ersticke.

Sag es einfach.

Hansen wirkt ungeduldig. Ein Anflug von Ärger schwingt in seiner Stimme mit. Oder täusche ich mich? Die Zerstörung schreitet voran, ist nicht mehr aufzuhalten, deshalb flüstere ich, allen Mut zusammennehmend: HIV.

Irritiert starrt er mich an.

Ein Augenblick folgt, in dem alles stillsteht. Dann stöhnt er, wankt und betrachtet mich abschätzend. Oder ist es Ekel?

Während er aus allen Wolken fällt, rattert hinter uns ein Zug über das Gleis. Ein anderer fährt mit lautem Bremsen ein.

Ja, macht ja nichts, sagt er hastig, reibt sich mit der

flachen Hand verzweifelt über die Stirn und über die Schläfe.

Warte, ich möchte das erklären, stottere ich.

Bis bald, unterbricht er mich und spurtet in Richtung der haltenden S-Bahn davon. Er kann gar nicht schnell genug von mir wegkommen, so scheint es.

Dem Film, der sich jetzt in seinem Kopf abspielt, hätte ich gern einige Information entgegengesetzt, aber dazu wird es nicht mehr kommen. Die *unsichtbare Mauer* schiebt sich zwischen uns. Lautlos trennt sie mich vom Leben ab. Ich spüre, wie schwer es mir fällt zu atmen.

Er springt in den letzten Wagon der S-Bahn, die Türen schließen, der Zug fährt davon. Etwas hält mich fest, ich bleibe stehen. Der Bahnsteig verschwimmt, die Baumkronen verlieren sich im dunkelgrauen Abendhimmel.

Die Grenzen zerfließen und mäandern durch den Raum, meine Definition löst sich auf und ich mich mit ihr. In meinem Kopf geschehen Dinge gleichzeitig und ich weiß nicht, wo ich anfangen soll, zu ordnen und zu heilen.

Reglos steige ich in den nächsten Zug. Beschlagene Scheiben, ich ziehe gedankenverloren mit dem Zeigefinger eine Linie, die Himmel und Erde verbindet. Das Dämmerlicht scheint durch sie hindurch wie durch eine Schablone.

Angestrengt beiße ich mir auf die Unterlippe. Ruhig bleiben. Ich tadele mich dafür, dass ich es immer wieder wage und mich auf andere einlasse. Dann tröste ich mich, er hat dich eingefangen, in den ersten Minuten schon, seine Augen, die Sprache, seine Stimme, der Körper, das männliche Gesamtkonzept, da kannst du nichts dafür.

Die Bahn rüttelt über die Elbbrücken und die Lichter des Hafens schimmern auf dem Dunkel des Wassers.

Vorsichtig setzte ich mich auf eine Bank, stöpsele mir die Hörer in die Ohren und bin aus Glas. Jeder kann in mich hineinsehen, so kommt es mir vor, jeder weiß es. Dass ich mein Geheimnis ausgeplaudert habe, hinterlässt ein unerträgliches Gefühl der Scham. Ein falscher Schritt, ein kleiner Sprung und ich zerbreche. Der Photonenstrom in meinem Kopf ist direkt auf die *unsichtbare Mauer* gerichtet.

Die letzten Zeilen

Müde lässt Linnea sich ins Bett fallen. Noch ein paar Seiten lesen, denkt sie und nimmt das Buch Arbeit und Struktur vom Nachttisch, schlägt es auf und betrachtet ein Foto. Vier Menschen, die knietief in einem See stehen, der rechte Herrndorf. Vor ihren Augen verschwimmt das Bild. Immer wieder möchte sie sich annähern. Selten hat sie sich in einem Buch derart zu Hause gefühlt. Die Gedanken, die Assoziationen – etwas Übergeordnetes, das sie inspiriert und das in ihr bleibt.

Jonah kommt ins Schlafzimmer, zieht sich aus, schmeißt den Pullover, das T-Shirt und die Hose auf den Boden und schlüpft zu Linnea ins Bett.

Während er sich über sie beugt, um ihr einen Kuss zu geben, streift Linnea seine Brust, auf der eine Gänsehaut zu spüren ist, und riecht den Schweiß unter seiner Achselhöhle, ein Wohlempfinden ums Herz, in der Magengegend und im Unterleib.

Liest du mir was vor, fragt er jetzt und legt seinen Kopf auf ihre Brust.

Als Linnea ihn fragt, was er gerne lesen würde, ob etwas anderes ihn vielleicht mehr interessiere, fällt ihm nichts ein.

Wenn sie versucht mit ihm über die Texte zu sprechen, die sie gemeinsam lesen, - die in der Regel sie vor-
liest -, zeigt sich auch hier seine Wortkargheit, selbst auf
die Frage, ob es ihm gefallen hat, zuckt er meist nur die
Schultern, als gäbe es nichts, woran er diese Entscheidung festmachen könne.

Jetzt liest Linnea vor, ihre Stimme klingt ernst und
monoton: Niemand kommt an mich heran, Bis an die
Stunde meines Todes. Und auch dann wird niemand
kommen. Nichts wird kommen, und es ist in meiner
Hand. Dazu sehe ich den hohen Turm in die Finsternis
ragen, sehe ein Stückchen Blei durch mein Hirn fahren
und den Schädel zum Nichts hin öffnen.

Warum trägt er da eigentlich ein Pinguinkostüm?,
fragt Jonah.

Linnea erschrickt kurz darüber, dass Jonah an dieser
Stelle den Text verlassen und eine Seite vorblättern
kann, als hätte er den Ernst der Worte nicht wahrge-
nommen. Als wären sie nicht zu ihm gedrungen. Sie
betrachten das Foto im Buch.

Bevor Linnea antworten kann, hat Jonah schon die
Augen geschlossen. Sie lauscht seinem leisen Atem, der
sich mit dem abendlichen Regenprasseln vermischt.
Der Rhythmus ist so beruhigend, dass auch ihr die
Augen zu fallen.

Langsam kommt Linnea aus dem Schlaf. Jonah streichelt und küsst sie, setzt in ihrem Körper große Ener-
gien frei. Wellenförmig breiten sie sich bis in die Beine
aus. Nackte Haut. Sie spürt ihn in sich. Es muss mitten

in der Nacht sein, sie blinzelt aus dem Fenster, der Himmel ist nichts als schwarze Stille.

Nachdem Jonah sich versichert hat, dass Linnea ihn nicht loslassen wird, schläft er in ihren Armen ein und sie bemerkt die Schmerzen im Hals, die Schluckbeschwerden und das Pochen im Kopf. Die Lust hat sie vorher überlagert. Die weitere Nacht verbringt sie im Dämmerzustand, träumend, fantasierend oder nachdenkend. Abwechselnd.

Helle Bilder. Sonnenstrahlen durchleuchten den Schnee, sodass sie die einzelnen Kristalle sehen kann. Sie wandert durch unberührte Natur. Über ihr fährt die Seilbahn. Kinder rufen sich von einem Sitz zum nächsten etwas zu. Sicht ins Tal. Der Fluss schwemmt sein Bett durch das Dorf. Die Stille verleitet sie zu der Vorstellung, wie es wäre, ganz allein auf der Welt zu sein. Und um sich von dieser Angst zu befreien, die sie im Traum spüren kann, stellt sie sich vor, wie am Wegrand dort vorne an der Kreuzung ihr Freund steht. Für einen Moment kommt es ihr vor, als stünde er wirklich dort, obwohl sie weiß, dass es nur eine Fantasie ist. Dann erscheinen verschiedene Traumszenen, sie schlittert auf gefrorenen Pfützen, wie sie es als Kind auf den Eisschollen der Elbe getan hat.

Linnea wacht auf und ihr dämmert, dass muss Vent gewesen sein, die klare Luft und dass sie doch, bei all der landschaftlichen Schönheit, die dort oben unbestritten herrscht, sofort eine Enge empfunden hatte. Eine Enge im Dasein, als wäre in diesem Bergdorf der

Lebensweg von Geburt an vorbestimmt, durch Traditionen und Rituale.

Der Morgen graut. Vor dem Fenster hüpfen Vögelchen, die aussehen wie kleine Wollknäuel aufgeregt zwischen den Baumspitzen hin und her.

Linnea lässt die Beine aus dem Bett baumeln und sammelt Kraft, um aufzustehen. Sie spürt eine Anspannung, das Gefühl von Getriebensein. Sie schleppt sich ins Badezimmer, duscht, zieht sich an und trinkt kaltes Wasser. Woher kommt diese unerklärliche Niedergeschlagenheit, die sich durch die Nacht in ihren Tag geschlichen hat? Sie setzt sich auf das Bett und hebt Herrndorfs Ausstellungskatalog auf, der auf dem Teppich vor dem Bett liegt.

Gedankenverloren blättert sie einige Seiten vor. Ihr gefallen vor allem die Landschaftsbilder, in denen Atmosphäre entsteht, aber auch etwas Beklemmendes mitschwingt. Die Enge des Venter Dorfs hätte er wahrscheinlich wunderbar in Szene gesetzt.

Es irritiert Linnea, dass er scheinbar aus dem Nichts heraus aufgehört hat zu malen. Was war da vor fünfzehn Jahren passiert? Und warum war er mit seinem künstlerischen Talent unzufrieden gewesen? Es zeigt sich so offensichtlich in jedem seiner Bilder. Wie viele hatte er kurz vor seinem Tod in der Badewanne aufgeweicht und vernichtet, ertränkt?

Linnea starrt eine Weile vor sich und weckt schließlich Jonah. Flüstert seinen Namen, streichelt sein Gesicht, fährt mit den Fingern durch seine Haare.

Kommst du mit?

Jonah reibt sich die Augen, ist sofort wach und setzt sich auf. Eine Sekunde hält er inne, steht dann auf und zieht eine Hose an, wirkt wie ferngesteuert, ohne eigenen Willen. Wortlos zieht er ein Hemd über, schließt drei Knöpfe. Ohne zu fragen wohin, folgt er ihr durch den Flur, nimmt die Schlüssel von der Kommode. In der Küche öffnet er den Kühlschrank, trinkt gierig den kalten Orangensaft aus der Glasflasche. Wischt sich mit dem Handrücken über den Mund und sieht sie das erste Mal an diesem Morgen richtig an.

Dir geht's doch gar nicht gut?

Trotzdem, bemerkt sie leise und beobachtet die Sorgenfalte auf seiner Stirn.

Finsterhimmel über meiner Stadt, denkt Linnea, als sie das Haus verlassen. Eine Windbö reißt Jonah das Hemd von der Schulter, gibt seine nackte Schulter frei und die linke Brustwarze, unter der sein Herz pocht. Kein Bemühen seinerseits, die Nacktheit zu bedecken Unschuldig sieht Jonah aus, fast wie ein Kind. Hilflos kommt er ihr vor, dabei steht er nur da und wartet. Linnea spürt einen Stich. Während ein warmes Gefühl aus der Tiefe hochkommt, tritt sie vor ihn und knöpft sein Hemd zu.

Als sie ins Auto steigen, Linnea auf der Beifahrerseite, sieht Jonah sie auffallend lang an und beugt sich zu ihr herüber. Er will geküsst werden, das weiß sie.

Nicht gucken, entgegnet sie missmutig, hält sich die

Hand vor das Gesicht. Sie will, dass die Unruhe aufhört und aus dem Fenster sehen und schweigen. Sonst nichts.

Er lacht leise und senkt den Blick.

Nach Berlin, sagt sie.

Kopfschüttelnd amüsiert setzt er den Wagen in Bewegung.

Sie kann seine Liebe spüren, sie nimmt das ganze Auto ein, ummantelt Linnea und sie fühlt sich geborgen und gut darin, obwohl sie krank ist.

An der Weser entlang, am Stadion vorbei, lassen sie die Stadt hinter sich. Einen Moment glaubt Linnea, sie würden gar nicht fahren, dass sie sich diese gleitende Bewegung nur einbilde oder wieder träume. Sie betrachtet die wolkigen Gebilde und das sich darunter erstreckende flache Land, zwischen dessen Bäumen Nebel hängt. In ihren Ohren saust es. Weiter hinten sieht sie ein Reh springen, innerhalb von Sekunden wird es eins mit dem Dunst.

Eine Erinnerung taucht auf. Die Erinnerung an das Video, das Herrndorf im September 2011 seinem Blog Arbeit und Struktur hinzugefügt hatte. Er filmte sich Ravioli essend und ein Gedicht aufsagend. Es hatte sie sehr berührt, dass er im Angesicht des Todes verzweifelt und bemüht um seine geistigen Kräfte seinen Freunden oder sich selbst beweisen wollte, dass es noch ging: Ich bin da und zwar bei vollem Verstand.

Sie fahren durch eine Allee, alle zehn Meter links eine Birke, rechts eine Birke, links eine Birke. Die weißen Stämme glänzen und stechen aus dem Grau heraus. Ein leichter Regenvorhang legt sich auf die Front-scheibe.

Linnea fährt sich mit den Händen über die Augen und zieht ein kleines Skizzenbuch aus der Tasche. In krakeliger Schrift notiert sie:

In der Heimat

An der Weser, Unterweser
Wirst du wieder sein wie einst.
Durch Geschilf und Ufergräser
dringt die Flut herein, wie einst.

Deine Mutter, alte Mutter,
bringt das Abendbrot wie einst,
und du isst die frische Butter
auf dem schwarzen Brot, wie einst.

Große Dampfer, ferne Dampfer
rufen durch die Nacht wie einst,
und die Kammer riecht nach Kampfer
und du bist erwacht, wie einst.

Und die Sterne, sieben Sterne
stehen im Fenster blass, wie einst.
Und noch immer ruft`s von Ferne,
und du weißt nicht was, wie einst.

— Georg von der Vring —

Dann umrahmt sie die Seite mit Ornamenten, floralen Mustern. Linnea war damals, als sie das Video zum ersten Mal gesehen hatte, völlig aus dem Häuschen gewesen, glücklich, seine Stimme zu hören und seine Mimik zu sehen, sein Gesicht in allen Facetten. Sie hatte sich gar nicht satt sehen können. Herrndorfs Ruhe und Sanftheit erstaunten sie. Zogen sie an. Dass er da für einen kurzen Moment lebendig wurde, wie er einst gelebt hatte, konnte sie kaum verkraften.

Sie fahren auf die Autobahn. Äcker, Stoppelfelder, dann ein Gebiet mit Laubbäumen. Auf einem sitzen schwarze Vögel. Ein Ereignis, das Linnea nicht ausmachen kann, scheucht sie auf und sie verlieren sich in alle Himmelsrichtungen.

Die Bäume da sind alle tot, sagt Jonah und weist mit der Hand aus dem linken Seitenfenster, obwohl er seinen Blick nicht von der Straße wendet.

Ein eingezäuntes Gebiet mit zwanzig langen Reihen Photovoltaikplatten erregt seine Aufmerksamkeit.

Wollen wir uns auch eine Solaranlage auf das Dach bauen?

Weiß nicht, antwortet Linnea abwesend und denkt darüber nach, dass Herrndorf sich gegen Erwerbstätigkeit und für freies Künstlertum entschieden hatte. Sie bewundert diese Entscheidung, empfindet sie als mutig. Sie ist sicher, nur so kann man Kreatives erschaffen. Wenn sie manchmal nach der Arbeit zu schreiben oder malen versucht, wird sie bald müde und ärgerlich darüber, dass sie die Gedanken, die sie verfolgen, angesichts ihrer Erschöpfung, nicht mehr angemessen auf das Blatt bekommt.

Was machen wir eigentlich in Berlin?

Ich möchte unbedingt Herrndorfs Kreuz sehen, antwortet Linnea mit großem Nachdruck.

Was gefällt dir eigentlich an dem?

Sie zuckt nur mit den Schultern, antwortet dann, es gibt viele Entsprechungen.

Jonah starrt auf die Autobahn, wechselt auf die rechte Spur, fährt langsam, nicht mal 120 km/h, direkt in den grausprühenden Himmel, der hundert Meter vor ihnen kaum von der Fahrbahn zu unterscheiden ist.

Was meinst du damit? Während er fragt, nimmt er ihre Hand und legt sie auf seine Brust. Diese Geste mag sie sehr, er ist dann gedanklich und sprachlich bei ihr. Alles zu sagen, ist möglich.

Na, zum Beispiel, dass er sich für die Malerei aus der Barockzeit interessierte, für Vermeer, Averkamp und für Bruegel in der Renaissance. Sie schweigt und ergänzt dann, dass er sich über die Ölkreide in seiner Schultüte gefreut hat.

Jonah sieht sie schmunzelnd an. Tausend Millionen Menschen haben sich über den Inhalt ihrer Schultüte gefreut, sagt er.

Lachst du mich aus?

Nein, streitet er ab, gespielt heftig.

Manche seiner Bilder berühren mich und besonders

die Einsamkeit, die ich in seinem Tagebuch zwischen den Zeilen gefunden habe. Ich kann das gar nicht beschreiben.

Kannst du mal schalten?, fragt Jonah und tritt die Kupplung. Jetzt!

Sie legt mit der rechten Hand den fünften Gang ein, während er ihre Linke auf seine Brust drückt.

Ich lass dich nicht los. Jonah schüttelt verneinend den Kopf.

Eigentlich gefällt es Linnea nicht, wenn er das sagt, und sie will sich gleich wehren. Heute aber ist es gut.

Kurz vor Salzwedel hört es auf zu regnen. Zwei zerfledderte Kraniche hüpfen einbeinig über die moorigen Felder.

Ich bin traurig, weil er tot ist. Heute ist das nicht auszuhalten. Linnea zieht die Mundwinkel nach unten und schnieft. Der Hals schmerzt. Sie löst sich ganz auf in dem Wunsch, das Kreuz zu sehen. Die Stelle, an der er sich das Leben genommen hat.

Ich weiß, Jonah nickt.

Findest du das nicht komisch? Ich bin traurig, weil Wolfgang Herrndorf tot ist. Ich kannte den doch gar nicht!

Er zuckt die Achseln. Das passt zu dir.

Aber es tröstet mich der Gedanke, dass er den Erfolg seiner Texte mitbekommen und dass er den richtigen Zeitpunkt gefunden hat, es selbst zu tun.

Okay, ja, antwortet Jonah nur.

Heute liebe ich Herrndorf viel mehr als dich, fügt sie hinzu. Es klingt entschuldigend.

Das halte ich aus. Aber nur heute, richtig?

Sie nickt und lächelt. Der Wunsch, in Berlin anzukommen, ist groß. Verwirrung und Unruhe tauchen auf, hier und da.

Ein hellblauer Streifen Himmel säumt den Horizont, daran angrenzend über ihnen eine weite hellgraue Fläche.

Eine monochrome Wolkenrevolte.

Guten Morgen, Berlin! Jonah imitiert die Stimme von Peter Fox, als sie die Stadtgrenze passieren. Auf der Lärmschutzmauer versucht Linnea die Graffiti zu lesen. UNDJA, THC, Ultras, Bong, K.I.Z. versteht sie, andere Tags und Abkürzungen kann sie nicht entziffern.

Sie parken am Nordufer und steigen aus dem Auto, ein kühler Frühsommermittag, der nicht wärmer werden will, empfängt sie. Irgendwo in ihr drinnen ist ihr Herz aufgeregt, aber nur ein bisschen.

Da – in Nummer 9 hat er, glaube ich, kurz vor seinem Tod gewohnt.

Ein sechsstöckiger Wohnblock mit weißen Fenstern und schmalen Balkonen davor. Die mintgrüne Farbe des Hauses, offensichtlich nur von der Sonne geliehen, zeigt sich heute, ohne sie, in stumpfem Beige.

Linnea hustet und schüttelt sich. Ignoriert die Kälte und zieht Jonah weiter.

Eigentlich solltest du im Bett liegen, sagt er ärgerlich.

Jetzt komm! Da ist der Deichgraf. Erwähnt Herrndorf den nicht auch in seinem Tagebuch?

Die Kneipe liegt hundert Meter weiter an der Straße. Sie schauen über den Zaun, der die Terrasse des Deichgrafen umgibt. Ein beruhigender Klangteppich von klirrenden Gläsern und Tellern, Klappern von Besteck, durchsetzt von Gelächter oder einer lauten Stimme, dringt zu ihnen. Worte versteht Linnea nicht, die Gespräche bleiben unter der Überdachung hängen. Schwaden von Essensgerüchen ziehen vorbei. Ein angenehmer Gleichmut macht sich in ihr breit. Hier hat Herrndorf gelebt. In diesem Restaurant hat er irgendwann einmal gesessen, gegessen, getrunken, gesprochen, gelacht? Linnea beobachtet den Kellner, der nach einem für sie rätselhaften Muster handelnd, durch die Tische läuft.

Jonah legt den Arm um ihre Schulter und sie schlendern los. Lieber würde sie allein und frei neben ihm gehen, aber diese Idee von 'zusammen' liegt weit außerhalb seiner Vorstellung, das weiß sie.

Wir müssen runter zum Kanal. Das Kreuz steht irgendwo am Ufer, sagt sie konzentriert.

Am Pekinger Platz steigen sie die Stufen hinab. Das Wasser schwappt an die Kanalwände. Ein grüner Zaun trennt die Böschung vom Wasser. Sie wandern den schmalen Weg am Hohenzollernkanal entlang. Ein kleiner Trampelpfad durch matschige Pfützen. Zwischen Birken, Weiden und Sträuchern liegen Exkremente. Auf der gegenüberliegenden Seite ragen Industriebauten und Schornsteine in den Himmel. Sie kommen an einem Zelt vorbei, über dem eine Regenplane gespannt ist. Drum herum liegt wahllos verstreuter Müll - eine Pfanne ohne Griff, in der das Regenwasser steht, ein aufgespannter Schirm, auf dem zwei Socken ausgebreitet sind, ein Kinderautositz und ein Fahrrad ohne Reifen.

Linnea sieht Jonah an, als erwarte sie eine Erklärung. Doch die folgt nicht, also schweigen sie.

Während sie ihre Suche fortsetzen, kommt ihr Herrndorfs erster Roman in den Sinn. In Plüschgewittern hatte sie zufällig gleich nach Erscheinen gelesen. Es hatte sie irritiert, dass der Protagonist sich häufig und ausdauernd betrank, als wäre es ein Triumph oder eine Leistung, betrunken zu sein, oder in irgendeiner anderen Art sonst erstrebenswert.

Nach der Lektüre hatte sie vor sich selbst und auch vor dem Buchhändler ihrer Wahl zugeben müssen, dass sie dieses Werk nicht grandios fand. Sie wurde erst wieder auf Herrndorf aufmerksam – Tschick hatte sie wegen Plüschgewittern ignoriert -, als er mit Sand den Leipziger Buchpreis gewann. Sie erinnert sich an das Gespräch mit demselben Buchhändler in ihrer Heimatstadt, der sich, ebenso wie sie, darüber wunderte. Beide nahmen sie sich vor, Sand zu lesen. Wenn sie in unregelmäßigen Abständen in die Buchhandlung kam, tauschten sie sich aus, über den Sand-Stand, wie sie es in der Zwischenzeit scherzhaft nannten.

Es fiel ihr schwer, einen Zugang zu dem Werk zu finden, immer wieder legte sie es beiseite, kam selten über die ersten fünfzig Seiten hinaus. Kurz darauf fiel ihr der Erzählband Jenseits des Van-Allen-Gürtels in die Hände. Die Geschichte von Franco und Mara gefiel ihr und die über die Zentrale Intelligenz Agentur, deren Gründungsfeier im Besäufnis endet und sich damit selbst persifliert. Am besten aber die Van-Allen-Gürtel-Geschichte, die Verlorenheit des Ich-Erzählers. Die Tiefe in den Charakteren, wie bekam Herrndorf die hin?

Linnea recherchierte den Autor und fand seinen Blog. Arbeit und Struktur. Der schlug ein, traf sie mitten ins Herz. Der Autor lässt die Leser an sich heran, dafür liebt sie ihn. Kein Verstellen, keine Fassaden, keine Scham, kein Small Talk. Sie bewundert diese Art des Schreibens.

Sätze in amerikanischem Englisch reißen Linnea aus den Gedanken. Ein angenehmer Sound, gleich vertraut, die Intonation der Worte – San Francisco. Einer hohen Stimme lauschend, die sich über Hundekacke beschwert, die vielen Tauben und über den Schmutz, der per se auf der Stadt liegt, beobachtet sie eine Frau mit gefärbten schwarzen Haaren, die mit den Armen weitausholend gestikuliert. Ihre Gesprächspartnerin, eine ältere Frau, nickt abwesend und antwortet etwas, dass nach E pericoloso sporgersi klingt. Kann nicht sein, das ergibt als Gespräch keinen Sinn. Oder waren nur die Gesten italienisch und die Worte englisch? Absichtlich verlangsamt sie ihre Schritte, um Abstand zu gewinnen.

Als Linnea und Jonah ein paar Minuten später ihre Blicke durch die Böschung schweifen lassen, um nach dem Kreuz Ausschau zu halten, und der weiche Boden unter ihren Schritten federt, begleitet sie nur noch das Rauschen der Blätterkronen. Eine leise, untermalende Musik.

Aufmerksam mustert Linnea die Gegend, als könne sie Spuren an den Bäumen finden, Spuren aus Herrndorfs Leben. Ein flüchtiges Gefühl von Glück, irgendwann einmal war er hier entlanggegangen, den Fluss betrachtend, der müde vor sich hin schwappt, einen leichten Geruch von Moder verbreitend. Die Konzentration auf das Gefühl lässt es verschwinden. Von dem Gedanken, dass das hier sein Viertel war, dass sie ihn hier, zu einer anderen Zeit, zufällig hätte treffen können, kann sie sich nicht lösen.

Der große Behala Industriespeicher auf der anderen Seite erhebt sich ziegelfarben dunkelrot über den Wasserlauf wie ein Schatten in der Atmosphäre und Linnea beginnt zu zweifeln. Auch vor und hinter der Föhrer Brücke finden sie kein Kreuz und da beschließt sie, einen jungen Mann zu fragen, der betrunken auf einer Bank am Ufer sitzt. Es wirkt auf sie, als säße er öfter dort, als würde er hier hingehören und sich auskennen.

Ah, schon wieder, schnauft er nur auf ihre Frage, wo denn Herrndorfs Kreuz sei. Dann winkt er ab und Linnea glaubt, dass er es vielleicht doch weiß und die Richtung, in die er abwinkt – nämlich die, aus der sie gerade gekommen sind – die richtige ist. Eine knappe Stunde gehen sie zurück bis zum Nordufer 9, wo sie die Suche begonnen haben, und finden doch kein Kreuz. Ratlos stehen sie wieder auf dem Pekinger Platz und Linnea hört Jonahs Magen knurren, doch er beachtet es nicht.

14.37 Uhr. Sie will nicht aufgeben, sondern diesen Ort finden, den sie eigentlich schon seit vier Jahren sucht, gedanklich.

Es kommt ihnen ein Mann mit grauen Locken und orangefarbiger Steppjacke entgegen. Sein Gesicht sieht verlebt aus. In Gedanken schätzt Linnea ihn auf Mitte sechzig.

Entschuldigen Sie, sagt sie leise.

Der Mann bleibt vor ihr stehen, würdigt sie keines Blickes, ist ganz auf das Drehen einer Zigarette vertieft. Jonah hält sich schweigend hinter Linnea, die wartet und zuguckt, wie er andächtig den Tabak in das Blättchen einrollt. Ihre Worte hängen im Raum und sie bereut schon, ihn angesprochen zu haben, als er doch hochsieht und freundlich fragt: Ja?

Wissen Sie zufällig, wo das Kreuz von Herrndorf steht? Das muss irgendwo am Ufer sein. Ein eisernes Kreuz.

Nee, antwortet er, wie heißt der noch mit Vornamen? Wolfgang.

Ach, der mit Tschick, ja.

Genau, der hat am Nordufer gewohnt und sich hier unten am Kanal erschossen.

Der hat hier gewohnt?, wiederholt der Mann ungläubig.

70

Ich glaube ja, bestätigt Linnea, da, beim Deichgraf.

Is ja was. Aber ein Kreuz hab ich hier noch nie gesehen und ich mach hier jeden Mittag zwei Stunden Spaziergang. Da gibt's kein Kreuz.

Okay, Dankeschön.

Der hat hier gewohnt, wiederholt der Mann gedankenverloren und sieht Linnea lange an und ergänzt: Naja, aber wenn man kein Gesicht hat.

Ja, vielen Dank, versucht Linnea das Gespräch zu beenden.

Aber, setzt er von neuem an, das Nordufer geht hier endlos weiter, am Plötzensee vorbei und an der Kirche, wie heißt die denn? Kurz schließt er die Augen und besinnt sich. Johannis, ja, und an der Schleuse. Er weist mit einer weitschweifenden Geste den Uferpfad geradeaus.

Sie verabschieden sich.

Das ja was, hört sie ihn sagen, obwohl er sich schon abgewendet hat.

Na los, dann zurück, sagt Jonah nur und sie sind sich einig. Dieses Mal gehen sie schneller, wieder lassen sie die Industrieanlagen linker Hand liegen. Der Pfad endet an der Seestraße und sie laufen den Hang hinauf, um die Straße zu überqueren. Es scheint eine Ewigkeit zu dauern, bis die Ampel auf Grün springt. Rechts liegt der Plötzensee, umsäumt von Bäumen. Das dunkle Wasser schluckt jedes Licht. Linnea wird ganz hektisch, sie sucht das Foto in Herrndorfs Tagebuch, auf dem er nackt, nur mit blauer Mütze bekleidet im See schwimmt – findet es aber nicht. Dann dreht sie sich nach links zum Kanal. Eine lange Reihe an Parkplätzen befindet sich davor und kein Fußweg, kein Ufer- oder Trampelpfad. Nichts.

Hier kann es auch nicht sein, flüstert sie traurig. Mutlos wendet sie sich zum Gehen und sagt, ich weiß nicht weiter.

Warte, antwortet Jonah und packt sie am Unterarm. Ein grober Griff, es schmerzt.

Lass! Linnea hält still und weiß, dass er fester zugreift, wenn sie versucht, seine Hand abzuschütteln. Je aufgeregter sie reagiert, umso weniger ist er bereit, sie loszulassen. Als wäre das Festhalten die einzige Möglichkeit, ihre Aufmerksamkeit zu erlangen. Sie hat lange gebraucht, um zu begreifen, dass nur eine ruhige Reaktion - Blicke, nicht Worte – die Situation zügig und konfliktlos entspannen kann, deshalb sieht sie ihn schweigend an, ohne sich zu wehren. Und tatsächlich, langsam lockert sich sein Griff und sie kann den Arm wegziehen. Eine Frau mit einem Yorkshire Terrier an der Leine geht an ihnen vorbei, sieht Linnea mit großen Augen und hochgezogenen Brauen an. Kurz ist ihr die Lage peinlich, dass diese Frau die gesamte Situation beobachtet hat. Aber mit der Frau hinter der Kurve ist auch das Schamgefühl verschwunden.

Linnea spürt, wie Jonah sich zurückzieht. Verlegen hält er den Kopf gesenkt und betrachtet die Bodenplatten. Die Blöße, die er sich gegeben hat, bereut er. Verschlossenheit zeigt sich auf seinem Gesicht.

Ist gut, beschwichtigt Linnea.

Sie sieht nach oben, die Sonne versucht, durch die Wolkendecke zu brechen, doch es gelingt ihr nicht. Linnea setzt sich auf die Bank, die in der Nähe steht. Plötzlich fühlt sie sich erschöpft und fiebrig. Sie holt eine Wasserflasche aus dem Rucksack, trinkt und schreibt in ihr Tagebuch: Schriftsteller erschaffen erdachte Welten und Tagebuchschreibende stellen dar, wie sie die Welt erleben. Der, der sich in alle meine Geschichten schleicht, ist wichtig.

Jonah steht hinter der Bank. Sie hält ihm die Flasche hin.

Du, sagt er mit langgezogenem U und in Klarheit, die nicht größer hätte sein können, liegt vor ihr, was er möchte, sich annähern. Sie bemerkt, dass er nach Worten sucht, dass es ihn anstrengt, weil er eigentlich nicht weiß, was er sagen soll.

Linnea steht auf und geht auf Jonah zu.

Was machen wir hier eigentlich, fragt sie ihn. Gemeinsam lachen sie darüber. Über diese seltsame, morbide Idee.

Ein Metallkreuz, flüstert Linnea und schüttelt ungläubig den Kopf.

Ja, muss sein, antwortet Jonah ernst.

Das passt zu ihm, denkt sie und erinnert sich an letzten Sommer, als sie unbedingt ein Gemälde von Vermeer im Kunsthistorischen Museum sehen wollte. Spontan war Jonah mit ihr nach Wien gefahren, obwohl er sich weder sonderlich für die Stadt oder das Gemälde interessierte. In der Ausstellung dann stand er dicht hinter ihr und roch ab und zu an ihren Haaren.

Komm, wir sind extra hierhergefahren, jetzt gehen wir das Nordufer bis zum Ende entlang, sagt er.

Linnea nickt wortlos, aber zustimmend und legt ihre Hand in seine, er soll sie führen und den Weg bestimmen.

Rechts liegt die Kirche und hinter einer scharfen Kurve ein Biergarten. Schließlich stehen sie vor dem Eingang einer Kleingartenkolonie.

Da geh ich nicht rein, protestiert Linnea sofort.

Links und rechts säumen hüfthohe Hecken den hellgrauen Asphaltstreifen.

Auf keinen Fall, flüstert sie und lässt sich dann von Jonah durch das Tor ziehen. In der ersten Parzelle zieren unzählige Maulwurfshügel einen gelblichen Rasen. In der zweiten steht ein blauer Pool, der draußen überwintert haben muss. So sieht er zumindest aus, Dreck und schwarzer Schimmel überall. Linnea stellt sich vor, wie Kinder am ersten heißen Sommertag, der noch auf sich warten lässt, das Grundstück betreten und enttäuscht den schmutzigen Pool begutachten.

Rechts tritt ein Mann hinter einer Gartenlaube hervor, mustert sie kurz und verschwindet wieder.

Hier finde ich es schaurig, gesteht Linnea und fühlt sich, als hätte man sie bei Verbotenem erwischt. Jonah schmunzelt.

Endlich führt links ein Pfad zum Kanal hinunter. Der Weg ist asphaltiert. Die Uferböschung ist breiter und zwischen den Bäumen wächst Rasen. Vier Stunden dauert ihre Suche mittlerweile. Eine sanfte, schummrige Kühle umgibt sie. Ein schattiges, grünes Licht. Linnea macht sich von Jonah los, und als sie nebeneinander gehen, ist es ihr, als wäre sie schon einmal hier gewesen. Menschenleer ist dieser letzte Abschnitt des Nordufers und Linnea fällt plötzlich die Tagesschau ein, die sie einen Tag nach Herrndorfs Tod gesehen hatte. Zwischen kalifornischen Waldbränden und dem Wetter erschien ein Schwarz-Weiß-Foto von ihm. Ein Schock damals, obwohl sie von seiner Krankheit wusste.

Aus der Ferne sieht sie das Kreuz und schnell breitet sich ein enges Gefühl von Verlust aus. Zwanzig Meter weiter, links in der Böschung steht es zwischen zwei Birken. Sie spürt Beklommenheit und ihre kalten Füße. Kann es nicht fassen, zögert, bleibt stehen - ein Zurück ist unmöglich.

Seit vielen Jahren möchte sie an diesen Ort kommen, der genau genommen nur ein paar Kilometer vom Hauptbahnhof entfernt liegt, gar nicht am anderen Ende der Welt, und nie hat sie sich getraut. In dem Moment, da sie vor dem Kreuz steht, kommt es Linnea unwirklich vor, wie ihm Traum. Sie staunt mit offenem Mund, als würde sie Zeuge eines Wunders.

Das schmiedeeiserne, rostige Kreuz soll flüchtig zusammengeflickt wirken, tut es aber nicht. Es ist mit Bedacht gestaltet und sorgfältig platziert, da ist Linnea sich sicher, nämlich so, als sähe es von oben auf den Fluss hinunter, als sähe es dem Fluss beim Fließen zu.

Dieses Bild will sie im Gedächtnis speichern, doch sie zweifelt, ob es funktionieren wird. Es gibt zu viele andere Erinnerungsmöglichkeiten. Über diesen Gedanken wird sie traurig. Herrndorf ist für alle Zeit verloren. Und doch – durch seine Texte und Bilder - für immer da.

Ehrfürchtig umrundet sie das Kreuz, besieht es von allen Seiten. Die Böschung ist feucht und sie rutscht mit dem Fuß ab, hält sich an einem Baum fest, der im Wasser steht. Ganz nah geht sie heran, um seine Initialen zu betrachten, die in der Mitte stehen, links sein Geburtsjahr, rechts das Jahr seines Todes. Wer hat dieses Kreuz aufgestellt? Seine Freunde?

Eine unglaubliche Nähe empfindet sie an diesem Ort, unbegründet klar. Irrational und albern kommt es ihr vor, doch Jonah lacht nicht, als sie es ihm erzählt. Er setzt sich ans Wasser, legt die Unterarme auf die angezogenen Knie und schweigt.

Ein vergammelter Blumenstrauß in einem weißen Plastikgefäß, Sand in einem Marmeladenglas, ein verwelktes Weihnachtsgesteck, eine Glasvase mit Schlamm und ein ausgebranntes rotes Grablicht säumen den Fuß des Kreuzes. Es wirkt, als wäre hier länger keiner mehr vorbeigekommen, doch nicht verlassen. Ein Verlangen, sofort alle diese Dinge anzufassen, befällt Linnea. Um eine Verbindung herzustellen, streicht sie kurz mit den Fingern über das Gesteck, stellt die Vase aufrecht, nimmt das Marmeladenglas in die Hand, schraubt es auf und betrachtet den Sand.

Kommt der vielleicht wirklich aus Tindirma? Sie schraubt den Deckel wieder drauf und stellt das Glas an die gleiche Stelle zurück, dabei spürt sie Jonahs Blicke. Er beobachtet sie. Sie kann nicht immer seine Liebe und Umarmungen erwidern, dass tut ihr in diesem Augenblick leid. Sie hockt sich neben ihn und entschuldigt sich für den frühen Aufbruch in der Dämmerung heute Morgen, in der Kälte unter den verblassenden Sternen. Er lächelt sie nur an. Ein dringlicher Wunsch, ihn zu küssen, lange und ausgiebig.

Aber ich habe Halsschmerzen, gibt sie zu bedenken.

Egal, entgegnet er, streckt ihr sein Gesicht entgegen und öffnet den Mund, als sie sich zu ihm beugt.

Ein Motorboot knattert über den Fluss, die herübergewehte Luft riecht nach Diesel.

Kann ich noch etwas malen, fragt sie und er nickt. Linnea lehnt sich mit der Schulter an die Birke, hebt den Kopf und das Gesicht gen Himmel. In ihr Notizbuch zeichnet sie mit Bleistift die Sicht in die Baumkronen, die verästelt und ineinander gewachsen sind. Obwohl Herrndorf den Blick nachts im Dunklen kurz vor seinem Tod wahrscheinlich gar nicht gesehen hat. Unter die Skizze schreibt sie: Verschlungene Pfade am Kanal - sterblich dort - lebt er in uns weiter, Herrndorf.

Das sind die letzten Zeilen, die ich über dich schreibe, fügt sie hinzu und klappt ihr Buch zu.

Hört man eigentlich den Schuss?

Linnea hält sich die Hände vor das Gesicht, die Vorstellung, wie eine Patrone von unten in ein Stammhirn dringt, findet sie unerträglich. Kurz gruselt sie sich.

Nein, antwortet Jonah, und natürlich ist ihr klar, dass er das nur sagt, um sie zu beruhigen.

Ein Ölbild, von Herrndorf gemalt, kommt Linnea in den Sinn. Ein kleiner, dicker, glatzköpfiger Mann im lila Schlafkleid steht mit einem Teddybären an der Hand unter einer leuchtenden Laterne und sieht in den sternenreichen, dunkelblauen Nachthimmel. Daneben steht:

Metaphysik hin, Katechismus her -
Irgendwie war zu spüren, daß man hier nicht lebend
rauskam.

Linnea erzählt Jonah davon. Sie müssen lachen und sind sich einig, ja, ein bisschen so fühlt es sich hier an, unter der Birke am Fluss. In der Ferne läuten die Johannisglocken. Und neben Jonah stehend, auf dürrem Gras, zwischen Hundehaufen und verwelkten Krokussen, bemerkt Linnea erst jetzt, dass sich das Sonnenlicht durch die geschlossene Wolkendecke hindurch auf der Wasseroberfläche spiegelt.

Nach Süden

Licht fiel durch die kahlen Baumkronen in den Wald und betonte das Dunkel zwischen Stämmen und dichtem Unterholz.

Arthur saß auf dem Boden, mit den Armen umfasste er die angezogenen Beine und blickte den kleinen Hang hinunter. Menschen in Wintermänteln mit Kinderwagen und Hunden, untergeharkt oder Hand in Hand schlenderten an diesem Sonntagvormittag vorbei. Sie signalisierten Unbeschwertheit, ein Gefühl von Leichtigkeit.

Er wusste in diesem Moment nicht mehr, wie er hierhergekommen war, aber das spielte keine Rolle. Die Gegenwart nutzt sich leicht ab, dachte er.

Ein glückliches altes Paar waren Ruth und Arthur gewesen, bis zu Ruths Tod. Seitdem gab es kein Außen mehr, nur Stimmen in einer inneren Welt, die ihn vollkommen einzunehmen schienen. Und gestern Abend, als die Dunkelheit sich langsam über den Tag gesenkt hatte, war er einfach losgegangen, von anderen Bewohnern und Schwestern unbemerkt.

In der Nacht war es kalt gewesen, hier, in der Mulde, die er sich mit Blättern ausgelegt hatte, und jetzt verspürte er Hunger. Arthur scharrte mit den Fingern in der Erde und fand ein paar Bucheckern. Sie mussten seit September, Oktober hier liegen und er misstraute ihnen, schon aufgrund ihres Alters. Aber sie sahen noch frisch aus und deshalb knackte er sie mit dem Daumennagel an der Spitze auf und kaute gemächlich. Ein nussig-bitterer Geschmack, der ihn zurückführte in die Vergangenheit. Bilder von früher, seine Mutter hatte Bucheckern geröstet und zu Mehl geschrotet, um daraus Brot zu backen.

Wann war das gewesen? Er erinnerte sich nicht an Orte und Zeiten. Namenlose Gesichter tauchten auf. Das irritierte. Tatenlos musste er mitansehen, wie alles im Kopf verschwamm.

Er stand auf und wankte tiefer in den Wald. Die Sonne wärmte. Als sie im Zenit stand, setzte er sich und zeichnete verschwommene Bäume in den erdigen Grund. Das kratzende Geräusch, das der kleine dünne Stock auf der Erde hinterließ, gefiel ihm. Ein Automatismus des Unbewussten, so erklärte er sich seine Skizze und trat zurück, um sie zu betrachten.

Das Bild macht, was es will, dachte er, und: Es gibt einen bestimmten Wahrheitsgehalt, den das Werk artikulieren muss, sonst ist es keine Kunst. Es geht nicht um Ästhetik!

Was versteckte sich unter diesem Bild? Leichthin, als wäre es von jeher seine Bestimmung, brach er einen großen Ast vom Baum und wischte sorgfältig und langsam über das Gemälde, um das unterste zum Vorschein zu bringen. Eine Technik, die sich rakeln nannte.

Rakeln, das Wort hallte nach, so war es auch mit seinen Erinnerungen und Gedanken, von einer Minute zur nächsten das alte Bild überwischt und ein neues entstanden. Eines, das er nicht kannte, noch nie gesehen hatte. Von einer Minute zur anderen überlagerten neue Erinnerungen die alten. Eine andauernde, ewige Fremde und das Ursprungsbild unabänderlich verloren.

Er warf den Ast zur Seite und sah in den Himmel. Es dämmerte und begann zu nieseln. Die Dunkelheit war ihm unheimlich, immer schon, er verlor sich darin wie ein Kind.

In der Ferne sah er einen Hochstand. Als er hinaufkletterte, fand er einen Schlafsack, neben dem eine geöffnete halbvolle Flasche Rotwein stand. War er schon einmal hier gewesen? Hastig trank er die Flasche leer, stand wankend auf, hielt sich an der Brüstung fest und übergab sich. Zitternd legte er sich in den Schlafsack, zog die Kapuze über seinem Kopf zusammen und schlief ein.

Er erwachte. Das erste Licht des Tages lag gleißend auf dem Tau der Wiesen. Ein weißer Wintertag, über Nacht hatte es zu schneien begonnen.

Entlang baumumsäumter Felder, durch dichtes knorriges Gestrüpp, verzweigtes Fichtendickicht und Unterholz stolperte er durch die Natur.

Stand dort vorne neben der Eiche nicht Markus? In seiner dunkelgrünen Jacke, die hatte ihm immer so gut gestanden.

Markus, rief Arthur, was machst du denn hier?

Der Förster drehte sich um.

Markus, weißt du noch, wie sehr deine Mutter Tiere geliebt hat? Weißt du das noch, ja?

Der Förster nickte bedächtig mit dem Kopf.

Ich möchte Tiere sehen, sagte Arthur zu ihm.

Der Förster wies mit dem Zeigefinger Richtung Himmel. Und wirklich, in vieldeutigen Formationen schwebten Vögel durch das Schneegestöber.

Wo ist der Wildpark, Markus? In dem wir früher immer mit deiner Mutter waren.

Fragend sah Arthur ihn an und wunderte sich über die Ratlosigkeit, die er im Gesicht seines Sohnes sah. Sie lebten in anderen Welten, das spürte Arthur in diesem Moment und das schmerzte.

Markus, sagte Arthur traurig.

Ich fahre dich hin, antwortete der Förster.

Er fuhr Arthur zum Wildpark, bezahlte für ihn an der Kasse und verabschiedete sich. Auf dem Rückweg zum Parkplatz, zog er das Telefon aus der Tasche und wählte eins eins null.

Arthur stand am Gatter eines Wildgeheges und beobachtete Rehe und Dubowsky-Hirsche, die in Gruppen oder vereinzelt auf der großen Wiese standen. Ihre Hufe hinterließen Spuren im Schnee.

Lautlos fielen die Flocken und es stellte sich Frieden ein. Wie das kurze Aufleuchten einer Sternschnuppe vernahm Arthur Glück und freute sich darüber.

Es fiel ihm ein Lied ein, dessen Text und Titel ihm nicht in den Sinn kam, aber die Melodie summte er mit. Immer wieder, fast sein ganzes Leben lang, brachte ihn dieses Lied in eine melancholische Stimmung, nach den ersten Takten schon.

Arthur blickte über das Tal. In der Ferne sah er einen zugefrorenen Teich, auf dessen dünner Eisschicht Enten watschelten und in einem kleinen Eisloch badeten. Diese Szenerie erinnerte ihn an die zahllosen Winterspaziergänge, die er vor vielen Jahrzehnten mit seiner Familie unternommen hatte, Expeditionen hatten sie diese Schneewanderungen genannt und waren sich mutig vorgekommen, die Wege im Wald zu verlassen und neue Pfade zu gehen, die niemand vor ihnen gegangen war.

Markus, wo war er? Arthur vergaß das zuweilen. Nicht, dass er einen Sohn hatte, nur, wo er wohnte. Diese regulative Idee vom ewigen Gedächtnis. Aber er erinnerte sich genau an eine Unterhaltung, nicht an den Inhalt, nur an Markus Gesicht, dass während des Gesprächs heller zu werden schien, sich öffnete, und an das wohlige Gefühl, das Arthur währenddessen begleitete.

Die Seerosen auf dem Teich, warum gingen sie im Winter nicht ein? fragte er sich.

Arthur stampfte die eingeschneiten Wege entlang. Äste bogen sich unter Schnee und die Bären schliefen.

Die Füchse streiften unruhig durch ihr Gehege. Sie hielten weder Winterschlaf noch Winterruhe, las

Arthur auf dem Schild, denn ihre Paarungszeit fiel auf die Monate Januar und Februar. Eine Erinnerung blitzte auf.

Als kleiner Junge hatte er mal einen Fuchs im Wald gesehen. Getroffen. Sie hatten sich gegenübergestanden, Auge in Auge, ganz nah. Arthur hatte nach einer Weile zu sprechen begonnen, da war der Fuchs davongelaufen.

Er hielt inne.

Rotfuchs, rief Arthur laut und lauschte dem Klang, der bald vom Wind fortgetragen wurde. Von der Stille ließ er sich ganz einnehmen.

Er schlenderte weiter. Ein Rudel Hängebauchschweine kreuzte seinen Weg. Der Uhu hatte sich in seiner Höhle eingeplustert und sah ihn aus großen Augen an.

Die Kälte, die über ihn hereinfiel, nahm Arthur nicht war. Er kratzte sich am Kopf und blieb stehen. Ein Bild erschien in Verbindung mit einem warmen Gefühl, ein Zimmer, sein Zimmer, er sah das grüne Sofa und den breiten Couchtisch davor, es öffnete sich eine Tür und er blickte auf einen sterilen, breiten Flur mit Linoleumboden.

Arthur schüttelte sich. Aus welcher Richtung war er gekommen?

Nichts ist für immer, dachte er. Das hatte ihn schon immer traurig gestimmt. Dass Dinge sich ändern müssen, zwangsweise weiterentwickeln, hatte er oft nicht gewollt. Dass sein Sohn erwachsen wurde und ausgezogen war, dass seine Frau gestorben und er in Rente gegangen war – alles das hatte er nicht gewollt.

Er tastete in seiner Jackentasche nach dem alten Polaroidfoto. Es war etwas verblasst, doch hatte es den eigentümlichen Charme vergangener Zeiten nicht verloren. Fröhlich sah Ruth darauf aus, ihr Gesichtsausdruck gelöst. Dass sie sich in ihn verliebt hatte — Er hatte sein Glück erst nicht fassen können.

Eine Reminiszenz an Ruth, dass er diesen Wildpark besuchte, hatte sie doch zu Lebzeiten Tiere aller Arten geliebt. Was hatten sie für Haustiere gehabt! Zwei Hunde, eine Katze, Wellensittiche und Kanarienvögel, später noch Meerschweinchen. Die hatte sein Sohn gewollt, doch wusste Arthur, Ruth hatte sie ihm schön geredet.

Das Denken funktioniert, dachte Arthur, von wegen Störung. Hoffnung, er konnte sie in diesem Moment deutlich spüren. Ein Wort, das Assoziationsspielräume eröffnete und für ihn kein Synonym hatte.

Die Schottischen Hochlandrinder auf dem weiten Feld vor ihm, waren kaum zu erkennen, nur als winzige Miniaturen zwischen den einzelnen Bäumen.

Manchmal beschlich ihn eine Ahnung, dass es bald zu Ende gehen würde, dabei hatte er keine Schmerzen und keine Not. Es waren eher Bilder, die es andeuteten. Einheitlich stumpfes Grau, dass sich über das Gesehene legte. Es war ihm erst nicht klar, was das zu bedeuten hatte, bis sich ein Gefühl von Endlichkeit ausbreitete.

Es kam ihm vor, als wichen die Wolken zurück. Er

griff nach den Schneeflocken, sie schmolzen in seiner Hand, er griff nach dem Himmel, aber der war nicht zu fassen.

Arthur sah sich um, lief weiter, immer geradeaus, vorbei an . . . Er würde sich nicht verirren. Oder doch?

Die Schneeflocken fielen auf den Seerosenteich. War er hier nicht schon gewesen? Er blieb stehen und staunte über die blühenden Seerosen im Winter.

Die Welt versteckte sich unter einer weißen Wattedecke. Arthur liebte diese gedämpfte Atmosphäre, nahm nur das knirschende Geräusch des Schnees unter seinen Schuhen war.

An einer Gablung wählte er spontan den rechten Weg und stand bald vor dem Elchgehege. Das große Tier schabte mit den Vorderhufen am Geweih, als wollte es eine Mütze vom Kopf streifen. Als es Arthur bemerkte, sprang es los, wildgewordene kurze Hüpfer, schleuderte den Kopf nach allen Seiten und warf das Geweih ab.

Arthur traute seinen Augen nicht, aber tatsächlich, es lag dort auf der Wiese, während der Elch davontollte.

Er sah dem Tier lange nach, seine Gedanken wanderten, sprangen von Thema zu Thema – er wollte heute noch einen Brief schreiben, an wen nur? Hatte er die Zeitung schon gelesen? – und verloren sich in der Zeit.

Plötzlich knackte es im Gebüsch hinter ihm und er drehte den Kopf so schnell in Richtung Geräusch, dass das Bild vor seinen Augen verschwamm. Verfolgte ihn jemand? Überwachten sie seine Schritte? Seine Wahrnehmung hatte Grenzen, das musste er sich eingestehen. Vielleicht hatte er ihr Folgen nicht bemerkt?

Arthur hatte sich bisher sichergefühlt, doch jetzt taumelte er, als hätte er das Gehen verlernt. Eine Weile wagte er nicht, sich zu bewegen, spürte Angst, sie schnürte ihm die Kehle zu, dann begann er zu laufen – auf das Haus zu, dessen Fenster hell schimmerten.

Die doppelflügelige, schwere Holztür öffnete sich nach innen. Im Durchgang war es dunkel, dahinter lag die Halle. Eine große Feuerstelle in der Mitte, als Sitzmöglichkeit Baumstämme. Ein großes Café, das menschenleer war.

Hilflos sah er sich um.

Möchten Sie einen heißen Tee?, rief ihm die Frau hinter der Theke fröhlich zu.

Nein, nein, nein, antwortete er hektisch, fand keine anderen Worte, drehte sich im Kreis, wo war der Ausgang?

Die Frau kam auf ihn zu. Sonst war niemand da.

Kann ich Ihnen helfen?, fragte sie freundlich.

Arthur schüttelte den Kopf. Er war verunsichert, fühlte sich bedroht. Als er die Tür fand, floh er mit rasendem Puls aus der Halle. Er lief schnellen Schrittes und auf geheimen Wegen quer durch den Park, schwitzte, obwohl es kalt war, blickte sich um, aus Furcht, er könne verfolgt werden.

Schließlich ließ er sich erschöpft auf eine Bank unter einer hölzernen Überdachung fallen. Lehnte den

Kopf an die Wand und schloss die Augen – ein kurzer Schlaf, Bilder verwoben sich. Plötzlich schreckte er auf, wusste nicht mehr, was er geträumt hatte, spürte Angst, Panik und auch Enttäuschung. Die Gefühle waren noch da, doch keiner Situation zuzuordnen. So ging es Arthur öfter, er konnte sich meist nicht mehr an Erlebnisse erinnern, die die Gefühle hervorgerufen hatten.

Der Waschbär im Gehege gegenüber wusch seine Nahrung in dem Wasser, das aus einer Leitung kam und als Rinnsal in einen kleinen, fast zugefrorenen Bach floss.

Arthur atmete tief ein und aus. Wölkchen stiegen aus seinem Mund auf und verschmolzen bis zur Unsichtbarkeit mit der kalten Luft. Das Grau des beginnenden Abends schlug alle Farben in die Flucht. Würde er in Dunkelheit überhaupt einen Weg finden?

Er stützte sich mit der linken Hand auf die Bank und bemerkte ein altes Annoncenblatt. Zwischen Familienanzeigen, Stellenmarkt und den Berichten über Sportereignisse und Verkehrsunfälle sah er ein Foto, das ihn anzog. Aufmerksam betrachtete er es, fünf Menschen standen in einer Reihe.

Es dauerte eine Weile, bis er sich selbst erkannte. Die Worte, die er unter dem Foto las, erfüllten sein Bewusstsein: »Selbsthilfegruppe für Alzheimer-Patienten«.

Er saß da. Reglos. Alle Kraft verließ ihn in diesem Moment.

In dieser klaren Minute begegnete er sich selbst. Wie

das Geweih vom Kopf des Elchs fiel eine Gewissheit von ihm ab und er spürte Angst und Trauer.

In Nebelschleiern, die sich langsam zwischen den Bäumen ausbreiteten, sah er zwei Waschbären, die sich aneinander kuschelten.

Arthur versuchte aufzustehen, doch seine Welt schwankte, deshalb hielt er sich an der Wand fest und sah nach oben. Erste Sterne tanzten wirr am Himmel. Das Grau würde nie mehr verschwinden, das wusste er in diesem Augenblick.

In der Ferne hörte er Stimmen. Sie riefen seinen Namen, doch er antwortete nicht, stand auf und setzte ein Fuß vor den nächsten. Der kalte Wind wehte den Schnee von den Bäumen, es sah aus, als ob er in kleine Kristalle zerbarst.

Im Frühjahr, wenn der Schnee geschmolzen war, die Bäche wieder flossen und die Sonne wärmte, würde er losfahren, Richtung Süden, nach Italien oder weiter.

Wege verlassen, dachte Arthur und dann nicht weiter drüber nach, bog nach rechts in das Dickicht ab, stapfte durch das Unterholz, bis er an einen steilen Abhang kam, der in ein Tal mündete.

Er rutschte mit einem Fuß ab, blieb im nächsten Schritt mit dem anderen an einem Baumstamm hängen, stolperte und stürzte den Abhang hinunter. Schlug mit dem Kopf gegen Stämme und Äste und blieb bewusstlos liegen.

Als er aufwachte, schmeckte er Blut. Die Kälte hatte seinen Körper in Besitz genommen. Erfrierungen und die Schmerzen des Sturzes, all das verging, als er in der nächtlichen Stille Flügelschläge über seinem Gesicht spürte. Einen Vogel, der sich in die Luft schwang. Arthur schloss die Augen. Herzschlag und Atmung verlangsamten und dann flog er mit dem Tier zu den Sternen hinauf.

Gleichzeitigkeit aller Farben

Henning Wieland erwachte mit einem Satz im Kopf: Das freudige Ereignis kämpft in mir um Aufmerksamkeit.

Im Dämmern schoben sich die Worte zwischen Wachzustand und Schlaf hin und her. Er verstand das nicht. Welches freudige Ereignis?

Mühsam rappelte sich Wieland auf. Um sein Bett zog ein kalter Windzug, er ließ sich zurückfallen, unter die Decke. Die Fensterfront ein blasses Rechteck. Einsam kreiste ein Mäusebussard in der hellgrauen Gelassenheit.

Dem stummen Rhythmus des Alltags folgend wusch er sich, trank einen Kaffee und trat aus dem Haus.

In der Nacht hatte der Regen nicht aufhören wollen zu fallen. Kleine Seen auf den Straßen. Mit dem Fahrrad fuhr er zu Bausers Haus, den Pfützen ausweichend, als folge er einer unsichtbaren Spur. Durch einen Vorort, in dem Villen mit großen Gärten standen, die von privaten Sicherheitsdiensten überwacht wurden.

Bausers Vorgarten, ein kleiner Birkenwald, führte Wieland zum Wohnhaus, dass durch einen Lichthof mit dem Atelier verbunden war.

Er betrat die hohen, weißen Räume, in denen sich zu

dieser Zeit noch niemand aufhielt, und begann, im Lager des Ateliers die Farben zuzubereiten. Er zog die Gummihandschuhe über und goss die titanweiße Farbe auf ein Leinenlaken, knetete und drückte sie durch das Tuch hindurch, zurück in einen Eimer, sodass die Farbe von Unreinheiten gesäubert war. Farbverhärtungen, Partikel würden sonst am Rakel hängenbleiben und das Bild verwischen.

Nach einer Stunde stand Bruno Bauser in der Tür.

Guten Morgen, begrüßte er Wieland freundlich, sind die Farben vorbereitet?

Wieland schob den Karren mit den Farbtöpfen vor die Leinwand, auf die Bauser gestern mit schwarzem Kohlestift das Porträt seiner Tochter gezeichnet hatte. Mit dem alten Schwarzweißfoto des Mädchens in der Hand war er vor dem Keilrahmen hin und her gegangen, hatte hier einen Strich und dort eine Schattierung hinzugefügt. Bausers Können erstaunte Wieland immer wieder.

Bitte John Cage, rief Bauser durch den Raum und Wieland schaltete die Musik ein, die aus einer kleinen Anlage kam, die auf einem Regal neben der Tür stand.

Abstraktion ist wie Musik. Oder was meinen Sie, Herr Wieland?

Ohne eine Antwort abzuwarten drehte er sich zur Leinwand und schlug in kräftigen Pinselschlägen die zinnoberrote Paste auf den Keilrahmen. Die Borsten des handbreiten Pinsels hinterließen feine Spuren in der Farbe. Das abgemalte Foto verschwand.

Die Funktion des Abbildens muss in den Hintergrund treten. Wissen Sie Herr Wieland, Kunst scheint mir mehr als alles andere ein Zustand der Seele zu sein. Da bin ich ganz bei Marc Chagall.

Wieland schwieg und betrachtete den Maler. Es schien ihm, als wäre Bauser eins mit dem Pinsel, eine Verlängerung seines Armes, seiner Hand, dem Körper zugehörig. Er beobachtete ihn mit ambivalenten Gefühlen.

Bauser wechselte Farben und Pinsel, wischte über die öligen Strukturen, die sich mischten und flächenhaft verteilten und wie in einer Symphonie der Vielfarbigkeit miteinander spielten.

Seine rhapsodische Malerei war von ungeheuerlicher Tiefe und Intensität, wie ein ekstatisch vorgetragenes Gedicht mit versartigen Bewegungen und in seiner Gestaltung frei. Eine Intensität, gegen die Wieland sich kaum wehren konnte und die etwas in seiner Seele bewegte. Wodurch entstand sie? Auf welcher formalen Ebene des Bildes? Es war nicht auszuhalten und unerklärlich.

Wieland verließ den Raum, öffnete die Glastüren in der Küche und setzte sich auf die flachen Stufen, die hinunter zum Garten führten. Es hatte wieder angefangen zu regnen. Kurzzeitig war die Oberfläche des kleinen Teiches übersät von Ringen, die sich ineinander wellten. Der Himmel bestand aus grauen Wolken, doch es schien jetzt ein helleres Licht.

Er zündete sich eine Zigarette an, blies den Rauch

weit hinaus, damit niemand merkte, dass er hier rauchte, und dachte über Bausers Meinung nach, Kunst wäre nicht rational zu erklären und es gäbe keine sprachlichen Ausdrücke für sie. Die Motive des Malens, ebenso wie die Motivation, kämen aus einer nichtsprachlichen Gefühlswelt, die mit seiner Seele kommunizierten.

Wieland schüttelte den Kopf, stand auf und drückte den Zigarettenstummel im Beet aus. Er war fest davon überzeugt, dass Kunst keine reine Darstellungsfunktion hatte. Sie muss ein zugrundeliegendes philosophisches System beherbergen, sonst ist sie nicht weit entfernt von Pop Art und Trash, empörte er sich in Gedanken.

Als er den Raum betrat, in dem Bauser arbeitet, fiel ihm wieder der Satz aus dem Traum ein: Das freudige Ereignis kämpft in mir um Aufmerksamkeit. Noch immer wusste er ihn nicht zu deuten.

Wieland reinigte Pinsel mit Terpentin, wusch den Arbeitstisch, legte verschieden große Rakel bereit.

Bauser drehte sich zu ihm um. Wissen Sie, Herr Wieland, die Unbestimmtheit der Kunst, das ist doch gerade die Freiheit. Sie mögen das vielleicht Beliebigkeit nennen, aber für mich liegt darin eine zwanglose Eigenständigkeit, die in allen anderen Feldern der Kultur ihresgleichen sucht.

Wieland schwieg.

Kunst muss nichts, sie kann alles. Aber sie hat keinen Auftrag. Wenn Sie so wollen, würde ich sogar so weit gehen und behaupten, sie existiert nur in der Idee des Künstlers.

Wieland sah den dunklen Abgrund in Bausers Augen, der ihn faszinierte und doch auch irritierte. Was sollte er darauf antworten? Innerlich schüttelte er den Kopf.

Die Bilder kommen in Form von Ahnungen zu mir, erklärte Bauser, auch durch Träume und beiläufige Begegnungen. Ich kann sie nicht planen. Sie entspringen meiner Seele und sind nicht zu erklären.

So wird es wohl sein, antwortete Wieland. Trotzdem sind es Risse, die durch die Gegenständlichkeit verlaufen, das können Sie nicht leugnen.

Was soll das denn, das verstehe ich überhaupt nicht! Wieland spürte, wie Bauser ärgerlich wurde. Es ist das allmächtige Unbewusste, was diese Bilder erschaffen hat.

Bauser deutete mit der linken Hand an die gegenüberliegende Wand, an der Bilder hingen, die er noch nicht freigegeben hatte. Die noch im Prozess des Werdens steckten, fertig gemalt, aber noch nicht reif, wie er es bezeichnete.

Wieland nickte erneut und verstummte.

Als Wieland am Abend mit dem Fahrrad durch die kalte Dämmerung fuhr, spürte er die Nervosität, die für das Zustandekommen seiner Werke verantwortlich war. Sein Körper kribbelte, er wollte noch arbeiten, es war eine gute Zeit.

Flächenhaftes Dunkel über den Bäumen. Durch den kegelförmigen Schein der Straßenlaternen wuchsen die Schatten vor ihm, bis sie sich in der Nacht zwischen den Lampen verloren.

Das Rauschen der Blätter nahm er kaum wahr, lehnte das Fahrrad ohne es abzuschließen achtlos an den Zaun vor dem Haus und hastete in den ersten Stock.

Dort bewohnte er eine fabrikähnliche Etage mit hohen Decken und einer breiten Fensterfront. Bücherregale trennten einen Teil des Raumes als Schlafstätte ab. Es gab eine Kochnische und davor einen großen Esstisch. Die übrige Fläche benutzte er als Atelier. Es gefiel ihm so, manchmal konnte er nachts noch die Ölfarben riechen, die er zum Gestalten benutzt hatte.

An den leeren Wänden brach sich die Stille. Einzig ein Kupferstich von Wohlesbostel, dem Heimatort seiner Großeltern, hing über dem Bett.

Das Wahrgenommene ist möglicherweise ein Konstrukt, murmelte er vor sich hin, nichts ist real, dem Bewusstsein kann man nicht trauen.

Er setzte sich an den Werktisch und betrachtete das Foto, das er gestern Abend von einem alten Paar Lederschuhen gemacht hatte. Sein Ausgangmaterial war, wie bei jedem Werk, eine Abbildung. Wieland wählte sie nach inhaltlicher Bedeutung und manchmal auch nach ästhetischer Qualität, aber letzteres wollte er nicht wahrhaben.

Die Verräumlichung beginnt, dachte er und nahm

das gleiche Paar Schuhe und einen breiten Lackpinsel und bemalte es mit weißer Acrylfarbe. Die synthetischen Borsten glitten leicht über die Oberfläche. Als er fertig war, sah das Schuhpaar aus wie mit Mehl bestäubt. Nachdem er die Schirme aufgestellt und die Lampen eingeschaltet hatte, fotografierte er die Schuhe mit deutlicher Überbelichtung.

Eine Zeichnung, jaha.

Wieland schraubte die Leica vom Stativ und ging mit ihr in die kleine Dunkelkammer, die er sich im Badezimmer eingerichtet hatte.

Da erlaube ich mir Faxen, sagte er sich, entwickelte den Film von Hand, spannte die Negative in das Belichtungsgerät und positionierte das Baryt millimetergenau unter der Lampe. Nach der Belichtung ließ er das Papier vorsichtig in das Entwicklerbad gleiten und beobachtete, wie es sich in eine Schwarzweißfotografie verwandelte. Seit jeher empfand er den Moment, in dem das Werden im Vordergrund stand, als erhebend.

Bald zeigte sich ein überzeichnetes Foto, die Schatten unter den Schuhen in tiefem Schwarz. Noch im Fixierbad konnte er seinen Blick nicht vom Foto wenden.

Die Verräumlichung ist aufgehoben, grübelte er. Eine fälschliche Annahme, es handle sich hierbei um eine Bleistiftzeichnung. Er lachte dunkel in sich hinein. Vorgefertigte Ideen der Wirklichkeit sind aufzubrechen. Der selbstverständliche Umgang mit dem, was wir als real denken, muss aufhören.

Wie kam der alte Mann darauf, Kunst könne man

aus Ahnungen und Träumen erschaffen,? fragte er sich, während er mit der Zange das Foto aus dem Fixierer in das Netzmittel hob. Trockenflecken waren unbedingt zu vermeiden.

Auf dem Trockengestell musterte er es abschließend. Eine Fotografie, die er gelten ließ. Das ideale Bild blieb letztlich unerreichbar.

Wieder dachte er an Bauser, dem die vieldeutigen Interpretationen seiner Werke auf dem Kunstmarkt absurd schienen. Er hörte seine Stimme im Kopf: Interpretationen nehmen dem Betrachter die Möglichkeit, das Werk zu sehen. Stehe da, beobachte das Bild und nimm die Wirkung an. Was kann es dir sagen, dir geben?

Im Gegensatz zu Bauser waren für Wieland die Interpretation, der geschichtliche Kontext und die Entstehungsweise eines Werkes von hohem Interesse.

Im Zuge dessen verstand Wieland die Ernsthaftigkeit der willkürlichen Bewegungen nicht, mit der Bauser die Ölfarbe auftrug. Die Zufälligkeit erinnerte ihn an die Werke der Art Brut.

Ohne Sinn hat das Bezugssystem keine Grenze, dachte er, dann löst es sich auf.

Wenn Bauser ihn um Rat fragte, ob dieses Bild fertig sei oder jenes noch Grün bräuchte, schwieg er meist, weil es nichts Fassbares in Bausers Werk gab, an dem Wieland sich hätte orientieren können. Also versuchte er, in Bausers Gesicht zu lesen, welches wohl die erwartete Antwort war.

Wieland verließ die Dunkelkammer und kochte sich

einen Ingwertee. Er nippte am heißen Getränk und sah in die Nacht. Das zugige Fenster gab den Autolärm frei, doch er hörte nur den leisen Windstoß, der das Fenster streifte, obwohl die Motorengeräusche draußen viel lauter waren.

Auf der gegenüberliegenden Seite lag das Kindertheater Rumpel. Links und rechts verdunkelte Häuser.

Es ist nicht erlaubt, sich vor der Dunkelheit zu fürchten.

Verbotene Gefühle hingen ihm nach. Der Widerschein des Wohnzimmerlichts spiegelte sich im Glas, eine Helligkeit, in der er sich verlor.

Kurz hinter der Kreuzung am Walmarkt fiel der Regen dichter als zuvor. Dunkle Wolken und die Tropfen so schwer, dass es den Schmetterlingen die Flügel zerriss. Wieland war unaufmerksam gewesen und ohne Regenkleidung losgefahren, um auch an diesem Morgen pünktlich um neun Uhr in Bausers Atelier zu erscheinen, obwohl er von der nächtlichen Arbeit übermüdet war.

Haarfeine Blitze durchzuckten den Himmel in der Ferne über der Altstadt, als er bis auf die Haut durchnässt in Bausers Straße einbog.

Von Weitem schon sah er den Notarztwagen. Das Blaulicht blinkte grell. Wieland war sich nicht sicher, ob der Wagen wirklich vor Bausers Haus hielt oder doch nebenan. Es war kein Gedanke, eher ein Bild, das er vor sich sah, die alte Nachbarin auf der Barre.

Doch als er sich näherte, wurde Bauser auf der Krankentrage durch den Regen geschoben. Sein weißes, schütteres Haar, das sonst ordentlich nach rechts gescheitelt war, hing ihm in nassen Strähnen von der Stirn. Er trug eine Beatmungsmaske. Zwei Sanitäter und der Notarzt schoben ihn zum Rettungswagen. Wieland drängte sich zwischen sie.

Herr Bauser?, brachte er nur hervor, als er ihn blass und kraftlos darauf liegen sah.

Kleiner Herzinfarkt, nichts Schlimmes, machen Sie sich keine Sorgen, Herr Wieland. Wird alles gut.

Bauser sprach mit fester Stimme, als wäre nichts passiert, als ginge alles unverändert seinen Gang.

Während die Türen des Notarztwagens geschlossen wurden, sah Wieland noch, wie ein Sanitäter zum Defibrillator griff. Dann stand er allein auf der Straße und sah dem Wagen hinterher, der sich mit beachtlicher Schnelligkeit entfernte.

Wieland sah sich um, die parkenden Autos am Fahrbahnrand, die Bäume, alles verblasste, als hätte die Nachricht vom Herzinfarkt alle Farben aus der Umgebung gesogen.

Die Tür zum Haus stand offen, Wieland trat ein. In seinem Inneren brannte es, doch äußerlich blieb er ruhig. Vorsichtig ging er durch die Räume, durch den Lichthof ins Atelier, sich langsam vorantastend, wie über dünnes Eis auf einem eben zugefrorenen See.

Im Lager trocknete er sich mit einem frischen Leinentuch Haare und Gesicht. Dann suchte er in allen Räumen nach Spuren, aber alles schien an seinem Platz zu sein, die gemalten Bilder an den Wänden, die Farbtöpfe auf dem Karren. Wieland setzte sich auf den drehbaren Lederhocker, der vor einem nachgebauten Modell des Barberini Museums stand, an dem er letzte Woche gearbeitet hatte. Im Maßstab 1:50. Im gleichen Verhältnis hatte er die Fotografien der Werke ausgedruckt, um sie an die kleinen Pappwände zu kleben. Bauser wollte vor der Ausstellung im Potsdamer Kunstmuseum die Anordnung der Bilder auf sich wirken lassen. Erspüren, ob sie eine Verbindung miteinander eingingen und sich duldeten.

Der alte Mann wird sterben, nicht ungewöhnlich mit sechsundachtzig Jahren. Wieland wischte sich mit der Hand über die Augen, da erst fiel sein Blick in den Garten. Vor dem Fenster die Äste eines Mirabellenbaumes, deren Früchte noch lange nicht reif waren. Der Rasen tiefgrün, weiter hinten hohe Hecken, vor denen ein Monolith zu schweben schien. Doch als Wieland näher hinsah, stellt er fest, dass die steinerne Säule umgekippt war.

Das nahm ihm die Luft. Tränen galt es zu verdrängen. Ich löse mich auf. Alles bleibt flüchtig. War das ein Zeichen?

Eine ungeheure Scheu erfasste ihn, er mochte an die mögliche Bedeutung nicht denken, vom Aussprechen ganz zu schweigen.

Sechs Wochen später, an einem Nachmittag im frühen Mai, als Wieland einige Bilder für die Ausstellung sorgfältig verpackte, wurde Bauser aus der Reha entlassen und von einem Pflegedienst nach Hause gefahren. Wieland war überrascht, als er im Rollstuhl ins Atelier gefahren kam.

Herr Bauser, wie geht es Ihnen?

Ich bin zu Hause, endlich, antwortete er zufrieden. Die tellurischen Kräfte werden mich stärken.

Er lächelte Wieland zufrieden an. Die Eltern früh verloren, glaubte Bauser an die Verortung in der Heimat, als Wurzel, als fester Bestand des eigenen Ichs. Es wird schon, fügte er hinzu, ich möchte malen.

Wieland beeilte sich, im Lager eine Leinwand auf Holz zu ziehen, schlug Nägel in die Rückwand, wischte mit einer Acrylgrundierung über die Oberfläche des Rohleinens, trug sie ins Atelier und befestigte sie an der Wand. Dann rollte er den Wagen mit den Farbeimern hinein.

Eine seltsame Anmut lag in Bausers Bewegungen, als er sich aus dem Rollstuhl schälte und auf wackeligen Beinen vor dem Keilrahmen stand. Vor ihm das leere, weiße Land. Draußen hatte sich der hellgraue Maitag in einen zornigen Himmel verwandelt, der das Wasser mit lauten Hieben gegen die Fenster schlug.

Das fange ich ein, sagte Bauser und wies auf den Regen, der sich an tausend seidenen Fäden am Glas hinabseilte. Er schmunzelte, doch seine Hände bebten.

Dunkle, voluminöse Wolken. Im Abstrakten sucht das Auge doch immer eine Ähnlichkeit mit dem Realen. Wogendes, Wellenförmiges soll es werden, dessen

Tosen der Betrachter hören kann, flüsterte Bauser vor sich hin.

Einige Striche gelangen ihm, doch bald wurde das Zittern so stark, dass der Pinsel kaum noch die Leinwand berührte. Die Kraftlosigkeit irritierte Wieland und er befürchtete, Bauser würde gleich wie ein Kartenhaus in sich zusammenfallen. Aus diesem Grund stellte er sich hinter ihn, bereit, seinen kleinen, krummen Körper aufzufangen.

Bauser blickte ernst auf die Leinwand, seine Mimik starr, wie in Stein gehauen, hochkonzentriert und die Welt um sich herum ausschließend. Doch wieder bebte seine Hand so stark und sein Körper schwächelte, dass sein Duktus für immer verloren schien.

Als Wieland seine Hand unter Bausers legte und ihn stützte, das Zittern dämmte und Halt gab, geschah es wortlos, ohne nachzudenken. Erst war es nur ein leichtes Stützen, das in ein festes Halten und schließlich in ein Führen überging, bis Bauser sich löste und Wieland den Pinsel überließ. Bauser zog sich behutsam zurück, setzte sich in den Rollstuhl und beobachtete Wielands Bewegungen. Wieland, der nicht gezögert hatte weiterzumalen, tunkte den Pinsel ins Neapelgelb und zog eine Diagonale quer durch das Bild. Das weiche, schmatzende Geräusch, das das Auftragen der Farbe auf der Leinwand hinterließ, verlangte nach mehr.

Er zog die Gummihandschuhe aus und warf sie auf den Boden. Tauchte den Pinsel tief ins Blau. Die Farbe an den Fingern fühlte sich gut an. Eine weiche, samtige

Masse, dazu der Geruch des Ölbinders und das Licht im Atelier, alles verbanden sich zu einer Intensität, die Wieland Tränen in die Augen trieb. Er tauchte ins Chromatische, stand in dunkelgrauer Stoffhose vor der Leinwand, wischte sich die Hände am schwarzen Hemd.

Jetzt Rot, eine Farbe, der er von jeher misstraute. Aufdringlich und brutal, wie sie in verschiedenen Nuancen daherkam. Unangenehm. Doch etwas bewog ihn dazu, sie auf den breiten Holzrakel zu streichen und damit über das Bild zu fahren. Ein Massaker. Er schwitzte, als er das schwere Gerät über die Leinwand schob. Ein Zustand von intensiver Gedankenlosigkeit erfasste ihn, eher ein Sein und Spüren als ein Denken. Er kannte das Gefühl nur als Wirkung halluzinogener Drogen. Meskalin, jener Kaktussud, den er im Studium mit Freunden getrunken hatte.

Wieder Blau. Gemischte Gefühle. Er klatschte mit dem Pinsel und bald mit der Hand die Farbe auf die Leinwand. Wie Bomben landeten sie auf der roten Flächenhaftigkeit.

Nichts war jetzt mehr selbstverständlich. Eine Veränderung im Raum, er spürte sie als Erschütterung seines Bezugssystems, konnte aber nichts dagegen tun. Die Phase des distanzierten Bildbetrachtens hatte er längst verpasst. Aufhören, in diesem Moment sein größter Wunsch.

Die Stimmung kippte. Unruhe, ein Schwanken zwischen Scham und Verachtung. Wieland starrte auf das

Blau, das er in das Rot gemischt hatte, der purpurne Ton weckte Wut. Er wollte das nicht, trat einen Meter zurück und betrachtete die Leinwand, ein sinnloses polychromes Durcheinander. Er schämte sich, griff den Topf mit der blauen Farbe und warf ihn auf das Bild, stürmte aus dem Atelier, wortlos an Bauser vorbei, würdigte ihn keines Blickes und schmiss die Tür des Ateliers ins Schloss.

Bauser blieb im Rollstuhl sitzend zurück und betrachtete das Bild, sah dann zur Tür, auf der Wielands Hand blaue Abdrücke hinterlassen hatte.

Wieland fuhr einhändig auf dem Fahrrad durch den Regen, wollte mit der blauen Farbe nicht den Lenker verschmieren. Dabei geriet er mit dem Vorderrad in eine Straßenbahnschiene, schlug der Länge nach hin und riss sich die Stoffhose am Knie auf. Er spürte Ekel, fühlte sich auf seltsame Weise von Bauser missbraucht. Zu seiner Kunst verführt. Der Widerwille war groß und einnehmend.

Leise fluchend schob er das Rad nach Hause. Das apokalyptische Farbgemetzel hat keinen Bestand. Es war ein Versehen, sagte er sich, schmiss das Rad gegen den Zaun, schloss die Wohnungstür auf, zog sich aus und warf die Kleidung in den Mülleimer. Ausgiebig duschte er sich den Rausch von der Haut. Das war keine Kunst, nur eine peinliche Orgie. Die Unterscheidung musste vorgenommen werden. Bauser würde er nie wieder unter die Augen treten.

In der festen Gewissheit, sich im Griff zu haben, stieg

er aus der Dusche. Er mochte die Stille, in der er lebte. Die wutbunte Welle, die ihn im Atelier überschwappt hatte, ängstigte ihn. Sie hatte seine Würde und seinen Verstand weggeschwemmt. Alle Wasser der Meere waren über ihm zusammengeschlagen. Er holte tief Luft und stützte sich mit den Armen auf das Waschbekken.

Ein untrügliches Gefühl für Raum und Komposition besitze ich, flüsterte er sich im Spiegel zu.

Die Dunkelheit kam früh. Zwischen den Bäumen auf der Straße hing schon das bräunliche Schattenlicht.

Wie jeden Abend, stand er am Fenster und sah hinaus. Die Spiegelungen der Autoscheinwerfer auf der nassen Straße hoben sich bis in die Bäume hinauf, die zu beiden Seiten standen. Ein leerer Glanz. Er traute seinen Augen kaum, doch der andauernde, ewige Regen hatte aufgehört zu fallen.

Wieland kam sich vor wie Firnis, jener farblose Anstrich, der als Schutzschicht auf ein Ölgemälde aufgetragen wird. War er Bausers Firnis gewesen? Das musste aufhören.

Seine Arbeit als Assistent hatte ihn so eingenommen, dass der Künstler in ihm ein Schattendasein führte. Vor diesem Gedanken flüchtete Wieland in den Schutz der Dunkelkammer und betrachtete die Fotos, die auf der Leine über der Badewanne hingen und auf dem Trokkengestell lagen. Sein Blick heftete sich auf das Motiv des Städtchens Wohlesbostel, das er nach dem Kupferstich detailgetreu aus Pappe nachgebaut und abfotografiert hatte. Die Hegelsche Vergegenständlichung, die als philosophisches Bezugssystem all seinen Werken zugrunde lag, kam hier deutlich zum Ausdruck. Durch den Modellbau war ein äußeres Dasein entstanden, eine Entäußerung – die bei Hegel gleichermaßen Schöpfung von Neuem, nämlich der Dreidimensionalität und Abgabe von Eigenem, dem Zeichencharakter, bedeutete -, wodurch sich das Dorfmotiv von sich selbst entfremdete und nicht das war, was es auf dem Foto vorzugeben schien.

Lange betrachtete er das Bild und spürte plötzlich Mut. Die Auseinandersetzung mit Bausers Kunst hatte sein eigenes Kunstverständnis herauskristallisiert.

Er war nicht bei sich gewesen, in den letzten Jahren, nicht ganz er selbst, das fiel ihm jetzt auf.

Wieland erinnerte sich an den Satz aus einem Traum vor langer Zeit, das freudige Ereignis kämpfe um seine Aufmerksamkeit. Er wusste jetzt, was zu tun war, er würde eine eigene Ausstellung veranstalten. Voller Energie sammelte er alle Fotos ein. Mit den Werken, die er im Laufe der letzten Zeit angefertigt hatte, trat er aus der dunklen Kammer hinaus auf den hellen Flur.

Das Gewicht von Steinen

Haltestelle Zoologischer Garten, Berlin. Ich steige aus dem Zug und die Treppen zum Kurfürstendamm hinab. Sonne wärmt. Ich bleibe mitten im Touristenstrom stehen, Gesprächsfetzen, Telefonklingeln, Gelächter, lausche den Ausschnitten aus anderer Leute Leben. Bis zum Termin um elf Uhr habe ich noch eine Stunde Zeit, deshalb beschließe ich, mich in die Gedächtniskirche zu setzen und den Orgelproben zuzuhören, die zu mir herüberwehen.

Die Tür steht offen und ich trete ein. Die Fenster rundherum sind aus dunkelblauen Glasvierecken. Das Licht taucht den achteckigen Raum in schummriges Licht. Über dem Altar schwebt ein großer Auferstehungschristus. Seine Arme sind weit geöffnet. Meditative Orgelklänge lassen mich in Gedanken versinken. Mein Vater taucht auf. Er liegt in seinem Krankenbett und hält meine Hand. Pass auf deine Mutter auf, flüstert er mir zu. So, wie er es gestern wirklich getan hat, als ich ihn im Krankenhaus besuchte.

Eine Frau, die Fotos macht, kommt mir unangenehm nah, ich stehe auf und verlasse die Kirche.

Auf den Stufen des Doms lese ich die Namen der Opfer, die beim Anschlag auf dem Berliner Weihnachtsmarkt ums Leben gekommen sind. Grabkerzen brennen, Blumen und Stofftiere liegen verteilt, die breite Treppe gleicht einem Altar. Da klingelt mein Telefon.

Du musst nachhause kommen, höre ich die Stimme meines Bruders. Ihr Klang sagt mir, dass etwas passiert ist. Setz dich in den nächsten Zug und komm.

Was ist los?, frage ich stockend.

Er ist eingeschlafen.

Was?, erwidere ich irritiert, obwohl ich weiß, was Caspar meint.

Unser Vater, er ist tot.

Worte bleiben mir im Hals stecken. Das Telefon rutscht mir aus der Hand und fällt die Treppen herunter auf den Gehweg. Ich sehe in den Himmel über mir, er ist weit und hell und ahnungslos. Glaube ich nicht. Gestern saß er noch fröhlich in seinem Krankenhausbett in Hamburg, so schnell geht das doch nicht, oder? Stirbt es sich so leicht heraus aus dieser Welt?

Ich werde unsicher, denke an seine Krebsdiagnose, und wie ein Blitz schießt mir die Erkenntnis durch den Kopf, dass es so ist.

Plötzlich habe ich es eilig, hebe das Telefon auf. Der Bildschirm ist mit Rissen übersät, feine Glassplitter rieseln hinab, doch es funktioniert. Ich rufe meinen Chef an, sage den Termin ab. Tränen kommen. Er will mich trösten, doch ich lege auf.

Während der S-Bahn Fahrt wird mir übel, ein Kloß steckt in meinem Hals, ich muss spucken. Oder weinen? Oder beides. Hektisch versuche ich, mit nassen

Augen im Internet eine Fahrkarte nach Hamburg zu buchen, ich schneide mir die Finger auf und bin unsicher, ob das Scangerät des Schaffners den QR-Code auf dem zerbrochenen Display lesen kann.

Die Heimfahrt verbringe ich im letzten Waggon mit Blick auf die Schienen, die der Zug hinter uns lässt. Ich schieße überbelichtete Polaroids. Auf meinen Fotos führen die Schienen ins weiße Nichts. So stelle ich ihn mir vor, den Weg in den Himmel.

Am Harburger Bahnhof steige ich in unser Auto, das ich vor ein paar Stunden erst hier geparkt habe.

Das Telefon klingelt.

Wo bist du?, fragt Caspar.

Am Bahnhof, sage ich schluchzend.

Willst du ihn nochmal sehen?

Ja, antworte ich bestimmt. Da bin ich mir sicher.

Dann fahr jetzt gleich ins Krankenhaus. Soll ich mitkommen?

Nein, ich geh alleine.

Vor dem Krankenhaus finde ich gleich einen Parkplatz, haste die Treppen zur Station hoch und spreche einen Pfleger an. Er führt mich in einen kleinen Raum, steril, weiße Wände, weißes Bett, weißes Laken. Wortlos schlägt er das Tuch zurück und verlässt den Raum.

Mein Vater liegt vor mir. Aschgrau, Leben aus ihm gewichen. Die Augen geschlossen, sein Gesichtsausdruck friedlich. Selbst im Tod ist er für Überraschungen gut, er lächelt fast, das habe ich nicht erwartet. Der

Mund ist weit geöffnet, der Kopf nach hinten überspannt. Sein brauner Seitenscheitel so ordentlich, als hätte ihn jemand gekämmt.

Gerne würde ich seine Hand berühren, doch schaffe ich es nicht, näher zu treten. Presse mir die Hände auf den Mund, damit ich nicht schreie.

Ganz unglaublich, dass ich ihn die letzten drei Wochen jeden Tag, manchmal sogar zweimal, besucht habe, und genau heute, wo ich für einen Tag wegfahre, macht er sich auf und davon. Zwei Tage vor Beginn der Chemo, ohne zu kämpfen. Sein letztes Hippiestatement – in Frieden gegangen, peace and love.

Ich möchte ihn zum Abschied gern auf die Wange küssen, wie ich es immer getan habe, aber er sieht so wächsern und kalt aus, dass es mich gruselt. Ist das überhaupt mein Vater? Ich trete zurück und betrachte intensiv sein Gesicht. Er ist es. Doch das, was tief unter der Haut verborgen lag, ist verschwunden. Hülle ohne Seele.

Mein Vater ist fort. Ich halte mir die Hände vor die Augen, weil ich weinen und schluchzen muss. In diesem Moment weiß ich, es wird nie wieder gut, ich werde ihn für immer vermissen.

Der Pfleger öffnet die Tür und fragt, ob er helfen könne. Ich schüttele den Kopf und versuche, das Weinen unter Kontrolle zu bekommen.

Wird schon wieder, sagt er und legt tröstend die Hand auf meine Schulter.

Ich wende mich ab, werfe einen letzten Blick auf meinen toten Vater und verlasse das Zimmer und das Haus.

Das alte Krankenhausgebäude wirkt wie eine Kaserne. Homogen und trostlos. Weiter hinten auf dem Gelände stiehlt sich der Rauch aus einem hohen Schornstein in den Himmel. Der Tod ist leise. Ich war nicht achtsam genug, vielleicht hätte ich gestern schon ahnen können, dass es heute zu Ende geht? Gestern, heute . . .

Schlagartig fällt mir ein, dass es kein Morgen mehr gibt. Nicht für uns. Der Boden schwankt und ich setze mich auf die Steinmauer neben dem Gebäude. Ich kann ihn nichts mehr fragen, nichts mehr sagen — will ihn nicht gehen lassen. Er soll bei mir bleiben, mich in allen wichtigen Entscheidungen beraten, mich trösten, mich liebhaben. Gewaltsam und schmerzlich wird er mir entrissen. Wo bin ich jetzt sicher?

Was für eine naiv-kindliche Vorstellung. Als würde sich die Welt nur um mich drehen. Und das erste Mal heute überlege ich, ob Sterben für ihn vielleicht eine Erlösung war. Hatte er es sogar gewollt? Es sich gewünscht?

Das Traurige kommt nah, ich kann mich kaum rühren, es trifft mich im Innersten, hält mich fest im Griff.

Wenn er stirbt, sterbe ich auch, hatte ich bis jetzt immer gedacht. Er würde mir fehlen wie die Luft zum Atmen, konnte da Leben noch funktionieren?

Die großen Hände meines Vaters kommen mir in den Sinn, wie sie schreiben, Buchseiten umblättern,

112

fotografieren, Zeitungen falten, mir über die Wange streichen. Dann blitzen seine blaue Fleecejacke und ihr Geruch in meinen Gedanken auf.

Ich wanke zum Auto, fahre auf der Straße fast einen Radfahrer über, er dreht sich um und hebt schimpfend den Arm. Ich überlege, absichtlich gegen einen Baum oder eine Mauer zu fahren, aber 50 km/h erscheinen mir dafür zu wenig.

Vor dem Haus meines Vaters stehen viele Autos, ich lasse die Stirn auf das Lenkrad sinken. Mein Freund Leo kommt heraus, öffnet die Fahrertür und zieht mich aus dem Auto. Ich drücke mich in seine Umarmung und weine in seine Schulter. Er legt die Wange auf meinen Kopf und küsst mich auf die Schläfe, wie er es immer tut, wenn er nicht weiß, was er sagen soll. Tröstlich, dass sich manche Dinge nicht ändern.

Brüder, Verwandte und Freunde sind da, Nachbarn auch. Begrüßungen, Umarmungen, Beileidsbekundungen. Ich möchte allein sein. Leo bleibt an meiner Seite und sieht mich mit mitleidigen Blicken an. Unerträglich. Wut kommt.

Guck mich nicht so an, schimpfe ich und reiße mich los. Schleiche mich nach unten. Im Keller betrachte ich das Durcheinander auf dem Schreibtisch meines Vaters. Alles wie gewohnt, als würde er sich gleich wieder dransetzen. Zwischen losen Notizzetteln und Stiften, Disketten, CDs und Fotos von uns finde ich vier dreieckige Steine, die aufeinanderliegen, wie ein sich nach oben zuspitzender Turm. Auf Samos im Urlaub gesammelt, erinnere ich mich kurz an das Staunen meines Vaters und seine These, so sei Pythagoras auf seinen berühmten Satz gekommen, weil dort, an seinem Heimatstrand, zahlreiche solcher rechtwinkeligen Steindreiecke herumlagen.

Jemand kommt die Treppe herunter und ich schiebe schnell jeweils einen Stein in eine Hosentasche.

Was machst du hier unten allein?, fragt Leo, kommt auf mich zu und zieht mich am Arm zu sich. Sein mitleidiger Blick ekelt mich an und ich weiche aus.

Ich muss mal kurz auf Toilette. Komme gleich.

Im Badezimmer in der ersten Etage schließe ich mich ein. Ich möchte nicht zu finden sein. Reglos starre ich auf den alten Linoleumboden, da klopft es an die Tür.

Hier ist Daniel, dein Ex-Nachbar, lass mich mal rein!

Seine Stimme klingt so unbefangen und frisch, dass ich wirklich öffne und er sich zu mir auf den Badewannenrand setzt.

Sind die unten alle noch da?, frage ich.

Er nickt.

Schrecklich, sage ich.

Hier, trink, antwortet er und hält mir die Rotweinflasche hin. Ich nehme einen großen Schluck und dann noch einen und noch einen.

Wo hast du die her? Ich schwenke die Flasche vor seinem Gesicht, er trinkt und gibt sie mir zurück.

Aus dem Keller meiner Eltern. Habe sie eben besucht und sie haben es mir erzählt. Da wollte ich mal nach dir schauen.

Daniel zündet zwei Zigaretten an und gibt mir eine.

Ich rauch gar nicht, antworte ich, nehme sie aber doch, versuche zu ziehen und huste.

Die Verkürzung meines Lebens beginnt, das ist gut.

Ich lache, obwohl mir nicht danach zumute ist.

Eine Weile trinken und rauchen wir wortlos. Langsam entspanne ich mich.

Ich habe Angst vor dem leeren Raum in mir, der wird größer und größer, sage ich irgendwann. Betrunken fällt mir das Sprechen leichter.

Daniel sieht mich verwundert an.

Was ist, wenn mein Vater darin verschwindet? Was, wenn ich mich nicht mehr an ihn erinnern kann, an seinen Geruch, an sein Gesicht, an seine Stimme, an seine Hände? Dann ist er für immer fort.

Das ist doch die Scheiße mit dem Tod, sagt Daniel leicht lallend. Da kannst du nichts gegen tun. Die Wahrheit ist doch, der Tod ist ein Arschloch.

Naja, murmle ich, manchmal ist er auch eine Erlösung.

Das hast du jetzt gesagt, antwortet Daniel und sieht mich nachdenklich an.

Am nächsten Vormittag liege ich im Bett und starre an die Decke. Es ist, als hätte jemand das Leben aus mir gesogen. Mir kommt eine kleine Ikone am Nordportal der Marienkapelle auf dem Würzburger Marktplatz in den Sinn, die unbefleckte Empfängnis Marias, die durch ein Rohr im Ohr mit Gott verbunden ist. Keine Erzeugung, sondern eine O(h)rzeugung, wie mein

Vater scherzhaft erklärte, als wir die Kirche besichtigten.

So komme ich mir heute Morgen vor, nur andersherum, als hätte mir jemand heimlich nachts Gefühle, Träume, Wünsche, Hoffnung aus dem Kopf gesaugt. Alles weg. Leere.

Leo dreht sich auf die Seite und sieht mich an.

Weißt du, sagt er und fährt mit dem Zeigefinger meine Augenbraue nach, du bist ihm so ähnlich, er wird immer bei dir sein. Überleg mal, was er dir alles beigebracht hat.

Radfahren, antworte ich zögernd, schwimmen, Nüsse knacken, ein Streichholz anzünden, lesen, schreiben, zeichnen ...

Na, vor allem ja wohl das Fotografieren, fällt mir Leo ins Wort.

Ja, und Fotos zu entwickeln. Und alles, was dazugehört.

Noch etwas?, fragt er neugierig.

Dass man Eiswaffeln unten nicht aufbeißt. Ach, Tausende Sachen.

Na also. Er klingt zufrieden.

Ja und? Was hat das mit seinem Tod zu tun? Deshalb soll ich nicht traurig sein? Das hat doch überhaupt keinen kausalen Zusammenhang!

Komm schon, flüstert Leo, drängt sich auf mich und küsst meinen Hals.

In einer Heftigkeit, die mich selbst erschrickt, spüre ich Wut.

Lass mich in Ruhe, schreie ich ihn an und drücke ihn von mir. Mein Herz klopft wie verrückt.

Verletzt sieht er mich an, steht auf und geht aus dem Zimmer. Ich fühle mich schuldig, weil ich weiß, dass er mich trösten wollte.

Ich springe aus dem Bett und suche in meiner Jeans die Steine, lege sie als Turm auf meinen Schreibtisch, der vor dem Fenster steht, dann krame ich mein Babyalbum heraus und blättere es durch. Ein Foto fesselt meine Aufmerksamkeit, mein Vater hält mich über einen Fluss, seine Arme unter meinem Bauch, sodass ich mit den Händen im Wasser patschen kann.

Tiroler Ache, steht daneben, Lu, ein Jahr alt. Ich, das speckige Baby mit blonden Haaren und rotem Frotteepulli, lache, und er, mit kräftigen Oberarmen und wachsamen Blick, beobachtet mich dabei. Das Foto gilt. Es steht exemplarisch für meinen Vater, für Sicherheit und Freiheit. Kitschig, denke ich und setze mich an den Schreibtisch. Hab mich anscheinend überhaupt nicht abgenabelt.

Ich kritzle in mein Tagebuch und notiere: Du wirst mir fehlen hier auf Erden. Du fehlst. Ruhe in Frieden. Durch das matte Licht der Dämmerung rieselt die Zeit, wie Sand durch eine Uhr, schreibe ich. Ziehe Kreise mit dem Zirkel und färbe sie bunt. Dann blättere ich um und fixiere das weiße Papier, starre eine Unendlichkeit auf die Seite, als würde ich durch sie hindurch in ein Paralleluniversum gelangen.

Langsam kommen Erinnerungen an die Oberfläche.

Unsere Streifzüge durch große Städte, Wien, Salzburg, Venedig, Miami, New York City. Durch Kunstausstellungen, durch die Buchhandlungen Bremens, durch die Schlachte. Drachensteigenlassen am Osterdeich. Wildpark- und Kinobesuche. Momente, in denen wir uns über Wörter oder Situationen kringelig gelacht haben. Der Berg ruft: Strudel! Augenblicke von Zärtlichkeit, kleine Küsse auf die Kinderwange, auf allen Wegen meine Hand in seiner, ein Streicheln über die Wange, seine Worte Ich bin so froh, dass ich dich habe, die mich bis gestern von Geburt an begleitet haben.

Plötzlich werde ich wütend. Warum mein Vater und nicht seine Schwester? Warum musste er zuerst gehen? Aus dem tiefsten Dunkel meiner Seele steigt etwas auf, vor dem ich mich selbst fürchte, der Wunsch, sie wäre zuerst gestorben.

Infernalisch und diabolisch, erkenne mich selbst kaum. Offensichtlich beherberge ich verschiedene Persönlichkeiten, das kollektive, Jahrtausende alte Böse spricht aus mir. Scham und Schuldgefühle tauchen auf. Wie grausam muss man sein, um sich so etwas auszudenken? Das war der Teufel, nicht ich, versuche ich, mich vor mir selbst zu rechtfertigen. Aber es gelingt nicht.

Kurz stelle ich mir vor, mich an Wolfgang Herrndorfs Birke zu lehnen und mir mit einer abgesägten Schrottflinte durch den Gaumen ins Hirn zu schießen. Es gibt Optionen, falls das Ganze hier nicht mehr tragbar ist. Das beruhigt mich.

Um mich abzulenken durchstöbere ich das Bücher-regal. In der kleinen Kinderecke stehen neben anderem die Räuber Hotzenplotz-Bände und schon erinnere ich mich daran, wie mein Vater sie mit verstellter Stimme vorgelesen und selbst so viel Spaß an den Geschichten gehabt hatte, dass er gar nicht aufhören wollte. Dank-barkeit mischt sich in die Traurigkeit. Seine Zuneigung ist da, ich kann sie jederzeit fühlen, auf sie vertrauen und mich nach ihr richten. Sie macht mir Mut und mich zu einem freien Menschen.

Vor dem Fenster höre ich Leo Holzhacken. Hunde-gebell, ich stelle mir vor, wie Angus um Leo herum-springt, ein Stock im Maul.

Die warme Nachmittagssonne fließt seitlich in den Raum und in einer Gefühlsachterbahn gefangen, betrachte ich die letzten Fotos, die ich von meinem Vater am Geburtstag meines Bruders vergangenen Monat gemacht habe. Ich bin unendlich froh, ein kor-rekt belichtetes Porträtfoto zu finden, und fange sofort an zu weinen. Er darf nicht verblassen und verschwin-den! Gleichzeitig wünsche ich mir nichts mehr als das, damit es nicht mehr wehtut. Ich lege die Kamera beisei-te und lasse mich ins Bett fallen. Wickele mich fest in die Bettdecke, damit Leo nicht an mich herankommt, während ich schlafe. Niemand darf an mich herankom-men. Nicht mehr.

Als ich aufwache, ist es Nacht. Leo atmet leise neben mir. Ich stehe auf und sehe aus dem Fenster. Der Mond scheint dünn und transparent. Hoch oben reist ein Satellit durch den Himmel, so gleichmäßig, als laufe er auf einer Schnur durch das All. Ratlos nehme ich das oberste Pythagoreische Dreieck meines Vaters vom Schreibtisch und wiege es in der Hand hin und her. Mir wird klar, alles, was ich weiß, ist das Gewicht von Steine.

Hymenoptera

In der Zeitung

In einem hellen Rechteck aus Sonnenstrahlen sitzt Judith am Tisch auf der Terrasse. Letztes Licht am Horizont. Zwischen Himmel und Erde herrscht fast Stille. Leise ist das abendliche Rascheln, Zwitschern, Zirpen zu vernehmen. Die dampfende Tasse Tee hält sie in der hohlen Hand und liest einen Artikel in der Hannoverschen Allgemeinen:

Eine Wespe zum Geburtstag

Forscher des ZFMK in Bonn stießen in der Sammlung des British Museum of Natural History in London auf eine noch unbestimmte Wespe – das Tier lagerte unter alten Sammlungspräparaten. Es komme immer wieder vor, dass Experten in Sammlungen neue Spezies ausfindig machen. Der Erstbeschreiber der Art hat das Recht, ihr einen Namen zu geben. In diesem Fall fiel die Wahl auf den Universalgelehrten Leibniz, der in diesem Jahr seinen 370. Geburtstag gefeiert hätte. Anders als Denkmäler aus Bronze oder Marmor erneuern sich

Arten fortlaufend, und noch in tausend Jahren werden Individuen von Oodera leibnizi genauso glänzen wie heute, erläuterte Entdecker und Wissenschaftler Dr. Simon Peters.

Der Name fällt ihr auf. Dann erkennt sie ihn auf dem kleinen Foto unter dem Artikel. Ein alter Schulfreund aus vergangenen Zeiten, in denen Helmut Kohl noch Kanzler und Pluto ein Planet gewesen war.

Plötzlich ist da Aufregung und auch Freude. Sie sucht im Internet und wird auf den Seiten des Zoologischen Forschungsmuseums in Bonn fündig. Der Anblick seines Gesichts ruft ihr den gemeinsamen Zelturlaub mit Freunden ins Gedächtnis. In den Sommerferien ... Wann war das gewesen?

Ein Bild kommt ihr in den Kopf. Er steht in abgeschnittenen Jeans und freiem Oberkörper im Meer, bis zu den Knien im Wasser. Man muss aufpassen, dass eine Beziehung kein Glaskasten wird – so etwas in der Art hatte er gesagt. Das Wort Glaskasten ist plötzlich gegenwärtig, sie ist ganz sicher, dass er es benutzt hat, damals.

Warme Gefühle tauchen auf. Judith hatte sich wohlgefühlt in Simons Gegenwart, eine stille Zuneigung, die wenig verlangte. Manchmal hatte sie das Gefühl gehabt, nicht ganz mithalten zu können, in der Diskussion um seine abstrakt-philosophischen Konstruktionen der Welt.

Warum hat sie so lange nicht an ihn gedacht? Sie versucht, sich die Sache schönzureden, hat ihn nicht vergessen, nein nein, sein Bild war nur von anderen Menschen und Erlebnissen überlagert.

Aus einer kribbeligen Erregung heraus, die unter die Haut kriecht, schreibt sie ihm eine E-Mail, glaubt selbst kaum, dass sie das wirklich tut.

In der Luft, hoch über dem Rasen, breiten zwei schwarze Vögel ihre Schwingen und tanzen schwebend umeinander.

Eine kurze Weile später schon kommt eine Antwort. Er fragt, wie es ihr gehe und ob sie Lust hätte, ihn nächstes Wochenende zu besuchen.

In einem Sekundentraum stellt sie sich vor, wie sie ihn wiedersieht, dort im Museum. Wie würde er reagieren? In einer Spontanentscheidung, für Judith ganz erstaunlich, beschließt sie, nach Bonn zu fahren und noch im Rausch der Entscheidung bucht sie kurzerhand ein Zimmer im Hotel.

Im Museum

Tageshelligkeit, es ist Mitte Mai und mild. Auf dem Weg zum Museum kauft sie in einem Schreibwarenladen ein Fässchen rote Tinte und einen Federkiel. Länger schon will sie wissen, wie es sich anfühlt, mit Feder zu schreiben. Sie glaubt fest daran, dass die Art, wie sie schreibt, ob handschriftlich oder auf dem Computer,

Einfluss auf die Ideen hat. Wie es auch einen Unterschied macht, ob sie farbigen Staub auf eine Fläche reibt, flüssige Aquarellfarbe mit einem dünnen Pinsel auf Papier bringt oder schwere Ölpaste mit dem Spachtel auf Leinwand aufträgt. Der Einfluss des Materials auf die Gedanken, die während des Werkens entstehen, ist nicht zu unterschätzen.

Das sandsteinfarbene Gebäude liegt an der vierspurigen Hauptstraße. Ein Portal mit vier Säulen und einem Spitzdach. Goldene Schrift, Museum Alexander Koenig, Studis Zoologicis Sacrum. Mit sicherem Schritt betritt sie die Eingangshalle, bezahlt an der Kasse und steht im Savannen-Diorama. Ein Schaubild, das in die Tiefe ragt. Im Vordergrund sieht sie Schlangen, Echsen, kleine Kriechtiere. Rechts tummelt sich eine Herde Gnus, daneben stehen Gazellen, weiter hinten zwischen Zebras zwei lebensgroße Giraffen und eine Elefantenmutter mit Kind. Ausgestopfte Tiere in ihrem natürlichen Lebensraum. Judith nimmt das angekettete Fernglas in die Hand und betrachtet einen Skorpion. Dann liest sie die Schautafel über Mahaliweber und Elfenastrild, zwei Bruten pro Saison, leben im Übergangsbereich zwischen zwei Habitattypen. Sie ist sicher, das hat sie in einer Sekunde vergessen. Das Schild über die Rosenköpfchen fesselt ihre Aufmerksamkeit: Die Paare der Rosenköpfchen entwickeln eine enge Bindung und werden deswegen auch als Unzertrennliche - im Englischen als Lovebirds – bezeichnet. Häufig versterben die Tiere, wenn der Partner fehlt. Die

Anwesenheit von Liebe unter Tieren empfindet sie als tröstlich.

Sie stellt sich den staubigen Wind in der Savanne vor. Das von oben durch das milchig gelbe Glasdach einfallende Licht färbt den Raum in eine monochrom-hellbraune Welt. All die fremden Tiere lassen sie verstehen, sie hat nichts von der Welt gesehen.

Im ersten Stock findet sie die Sonderausstellung Der Vielfalt auf der Spur. Biodiversitätenforschung am Museum König. Sie sieht einen Schaukasten, in dem Schmetterlinge verschiedener Gattungen aufgespießt sind. Der Anblick erinnert sie an ein Poster, das vor circa zwanzig Jahren auf der Innenseite von Simons Zimmertür hing. Sie staunt, dass es genauso gekommen ist, wie er es sich erträumt hat, als Forschender, als Wissenschaftler zu arbeiten, auf einem Gebiet, das ihn schon immer interessiert hat.

Die genetische Inventarisierung aller Tiere und Pflanzen Deutschlands eröffnet zahlreiche neue Anwendungsmöglichkeiten für das Biodiversitätenmonitoring. Aha.

Mit einem Handscanner fährt sie über die Barcodestreifen, die neben verschiedenen Käfern liegen, ihre Arten leuchten in der Liste auf. Wohl fühlt sie sich nicht bei der Betrachtung des Käferschaukastens, große Nadeln durch kleine Chitinpanzer gerammt. Mitten hindurch. Brutal.

Die in Lösung eingelegten Amphibien und Reptilien in großen Gläsern lassen sie erschaudern. Salamander,

Kröten, Molche, Echsen, Schlangen und ein kleines Krokodil in Gläser gestaucht. Dass die meisten Tiere mit dem Kopf nach unten liegen, irritiert sie. Andersherum wäre es würdevoller, Gesicht Richtung Himmel. Seltsame Leute, diese Präparatoren, dass die da nicht drauf achten.

Vor dem großen Schaukasten mit der Insektengruppe der Hymenoptera spürt Judith Ekel. So viele unterschiedliche Flügeltiere hat sie noch nie gesehen, handtellergroße, schabenähnliche Wesen, aufgespießt neben Libellen, Bienen, Wespen und anderen. Das Unbehagen wird groß, als sie sich vorstellt, wie riesige insektoide Lebensformen Menschen auf eine schwarze Leinwand spießen. Sie muss sich vor Augen führen, dass das alles zu Forschungszwecken geschieht. Die Katalogisierung und Darstellung findet zu rein wissenschaftlichen Zwecken statt und trägt zum Erhalt der Arten bei. Trotzdem kommt ihr das Ganze – vielleicht liegt es auch an der schubladenartigen Schrankkofferanordnung? – befremdlich vor. Eine Lade herausziehen und die fünfzigfache Leichenschau beginnt.

Als hätte der Kurator in ihren Kopf gehorcht, handelt die nächste Schautafel von der Bedeutung dieser Forschung. Klimawandel und Zerstörung der natürlichen Lebensräume bedrohen das Überleben dieser Arten.

Dann sieht sie auf einer Tafel das 1Kite Projekt, über das sie schon im Presseportal gelesen hat. Forscher klären mit Hilfe von umfangreichen DNA-Analysen die

Evolution der Insekten auf. Auf dem Gruppenfoto steht Simon ganz hinten, fast versteckt. Er hat sich überhaupt nicht verändert, findet sie, und während sie das Foto betrachtet, das ihn als Leiter der Sektion der Hymenoptera ausweist, fragt sie sich, warum er nicht gealtert ist, sie hingegen leider doch.

Sie freut sich auf die Begegnung. Mit leichtem Herz wandert sie weiter ins angrenzende Café, trinkt einen Kaffee und beobachtet eine Gruppe Jugendlicher, lärmend mit in den Nacken geworfenen, lachenden Köpfen. Die Lebendigkeit verstärkt ihre gute Laune.

Pünktlich zum vereinbarten Zeitpunkt betritt sie die Arktis-Ausstellung und sieht ihn am anderen Ende des Saales stehen, halb hinter dem Skelett eines Furchenwals versteckt. Schüchtern winkend hebt er die Hand, Begrüßung und zugleich sanfte Abwehr. Als sei schon alles gesagt. Das Einzige, was ihr sicher über die Lippen gekommen wäre, hat er vorweggenommen. Es fällt ihr dadurch schwerer, auf ihn zuzugehen. Der Weg durch den großen Ausstellungsraum, vorbei an ausgestopften Eisbären, Polarfüchsen und Schneehasen, kommt ihr unendlich lang vor. Vor dem großen Iglu aus weißen Plastikelementen spielen Grundschulkinder. Eines stößt jetzt das Dach auf, das knallend auf dem Boden landet. Ein Mädchen mit braunen Zöpfen guckt heraus.

Judith meidet es, Simon anzusehen, mustert den Mann, der neben ihm steht. Ein stattlicher Typ mit dickem runden Bauch, braunen Haaren und Vollbart, freundlich lächelnden Augen, gleich sympathisch, und für eine Sekunde würde sie sich lieber zu ihm stellen, ein bisschen plaudern, jetzt auch, da er sein Gegenüber so charmant anlacht. Aber dann besinnt sie sich und steuert auf Simon zu – das ist er, denkt sie noch – und steht vor ihm.

Kühl, fast arrogant sieht er sie an. Oder kommt ihr das nur so vor? Die Feindseligkeit entwaffnet sie, darauf ist sie nicht vorbereitet.

Hallo, sagt sie leise, spürt Unsicherheit. Plötzlich fühlt sie sich auf seine Gunst angewiesen, als könne sie allein in diesem Museum hier und jetzt nicht existieren.

Na?, antwortet er nur.

Beklommenes Schweigen. Eine Entfremdung, sonderbar, und doch nimmt sie seinen mageren Körper als etwas Bekanntes wahr, die schmalen Schultern, die knochigen Hände. Augen und Gesicht, ein Blick, ein Ausdruck, der Intelligenz und Bildung offenbart. So hatte sie es früher schon empfunden.

Wie geht's dir? Sie lächelt ihn an.

Er nickt und schweigt.

Was machst du so?, fragt sie vorsichtig und wünscht sich, er würde sprechen.

Er breitet die Arme aus, ein hilfloses Schulterzucken.

Tiere, antwortet er, ich forsche.

Gehen wir ein Stück? Ich habe eben in einer anderen Ausstellung einen Schaukasten mit Schmetterlingen gesehen, der hat mich an das Poster erinnert, das früher an deiner Tür hing.

Er nickt und schweigt wieder.

Dann hast du deinen Traum verwirklicht und bist genau das geworden, was du immer werden wolltest?

Ja.

Sie wartet darauf, dass er spricht. Schließlich fügt sie hinzu: Das ist doch toll!

Sein Lächeln verunglückt, sie wundert sich darüber, auch über seine Distanziertheit. Die Sympathie, die sie einst verbunden hat, bleibt verschwunden.

Er ringt nach Worten, das sieht sie, aber der Versuch eines Gesprächs scheitert.

Sie sucht Zuflucht. Die Möglichkeit, durch das Betrachten der ausgestellten Tiere das schamhafte Schweigen zu unterbrechen und im Staunen und Erfahren – der Zwergwal heißt Balaenoptera acutorostrata und wird bis zu zehn Meter lang, so so! - Schutz zu finden, dabei eine Verbindung zu suchen, Kontakt, ein Thema, in das sie eintauchen können, um sich anzunähern. Doch Judith nimmt eine Anspannung in ihm wahr, die aggressiv wirkt. Sie schafft es nicht, sie zu mildern.

Als sie am Iglu vorbeigehen, setzt er das Dach wieder drauf. Ein harter Aufprall, ein knallendes Geräusch, sie meint seine Wut zu spüren, die Wucht, mit der er die Plastikeiskuppe des Iglus auf das Dach knallt, gilt ihr. Warum nur? Was hat sie getan?

Sie bleiben vor dem Modell eines Seeelefanten stehen, der den Hals reckend neugierig in die Ferne schaut.

Bist du sauer auf mich, wagt sie zu fragen.

Nein. Quatsch. Warum sollte ich? Ein abweisender Tonfall.

Willst du nicht mit mir sprechen?, fragt sie irritiert.

Wieder zuckt er mit den Schultern.

Warum wolltest du dann, dass ich vorbeikomme?

Weiß ich nicht, gibt er zu, und es klingt ehrlich.

Die Worte füllen ihr Bewusstsein, hallen nach. Es zieht sich alles in ihr zusammen, Aufregung und Fröhlichkeit sind vergangen, nichts ist mehr da.

Ich geh jetzt, sagt sie, und er versucht nicht, sie aufzuhalten, sondern nickt schweigend und tritt zurück, dreht sich um, würdigt sie keines letzten Blickes und schreitet plötzlich davon, wie auf ein geheimes Kommando.

Sie steht da und sieht ihm nach. Lautlos und unsichtbar zerspringt etwas in ihr, sie weiß nicht was, spürt nur Traurigkeit. Ein leichter Schmerz setzt sofort ein Abwehrverhalten in Gang. Das muss nicht sein, im Grunde kann ihr das egal sein, der Mann, das Museum spielen keine Rolle im Land der Dämmerung.

Auf dem schnellsten Weg zum Ausgang, durch den Arkadengang, in dem Wüstentiere ausgestellt sind - sie ignoriert den gehässig dreinschauenden Geier, der auf einem Baumstamm sitzt -, die Treppe hinunter. Die hohe Glastür mit den schmiedeeisernen Ornamenten fällt schwer hinter ihr ins Schloss.

Ruhe. Die Nervosität ist verflogen, aber schwere Gedanken und Bilder lassen Scham aufsteigen. Sie hat sich offensichtlich mehr auf ihn gefreut, als er sich auf sie. Sein Verhalten hat ihr das schmerzlich verdeutlicht. Was für eine absurde, auch peinliche Situation. Nichts Neues für sie, bringt sie sich doch aus einem euphorischen Überschwang heraus zuweilen in zwischenmenschliche Situationen, die ihr am Ende zu meistern schwer fallen.

Während sie mit der Straßenbahn auf der Adenauerallee am Haus der Geschichte vorbeifährt und an der imposant gestalteten Bundeskunsthalle, versucht sie sich einzureden, dass Simon sowieso gar nichts versteht und ein seltsamer Kerl ist, schon immer war. Sich für tote Tiere zu interessieren? Das ist doch mysteriös! Überhaupt ist sie gar nicht seinetwegen nach Bonn gekommen, sondern der Allgemeinbildung wegen, Beethovenhaus, deutsche Geschichte . . .

Aber lange hält der Selbstbetrug nicht an, und als sie an der Kiesinger-Allee aussteigt, bedauert sie, wie das Treffen verlaufen ist.

Im Hotel

Das Mobiliar des Hotelzimmers, modern und elegant, wirkt ungemütlich. Zu ordentlich und leer ist es hier. Eine Fremdheit, wie sie sie auch im Winter empfunden hatte, als die Heizung ihres Hauses nicht funktioniert und die Kälte alle heimeligen Zuhause-Gefühle in die Flucht geschlagen hatte.

Das Abendlicht, das seitlich in den Raum herein-fließt, wirkt merkwürdig kraftlos. Über den Dächern der Stadt besteht der Himmel nur aus weißen Wolken. Sie öffnet das Fenster und lehnt sich weit hinaus. Dann setzt sie sich an den gläsernen Schreibtisch gegenüber dem Fenster und liest einige der sämtlichen Gedichte von Georg Trakl. Inhalte ziehen an ihr vorbei, dann stößt sie auf die Zeile:

Es dräut die Nacht am Lager unserer Küsse.
Es flüstert wo: Wer nimmt von euch die Schuld?

Das ist schön. Sie schiebt die metallene Feder in den Halter, tunkt die Spitze ins Fässchen und schreibt. Baut ein neues Gedicht um Trakls Sätze. Streicht und ändert und fügt Neues hinzu.

Der kalte Wind trägt die Wasser ferner Ozeane.
Zwischen dichten Tannen schweben sanft die Engel.
Nacht verhüllt ihre Gesichter.
Es flüstert wild von allen Seiten:
Wer nimmt von euch die Schuld?
Dort – wo unsere Seele wohnt,
dräuen dunkle Wolken.

Der letzte Satz gefällt ihr, aber dreist kommt sie sich vor. Ohne Wissen und Ahnung einzugreifen! Ist es erlaubt, in anderer Leute Gedankengut herumzuschrei-ben? Verwerflich? Oder verboten? Sogar bösartig?

Dabei ist sie frei von bösen Gedanken, fühlt einen Anflug von Frieden. Aus heiterem Himmel.

Es ist mühsam, mit der Feder zu schreiben, die widerspenstig über das Blatt kratzt. Sie gleitet nicht so sanft wie die eines Füllers. Aber sie mag es. Deshalb schreibt sie weiter:

Es graut der Abend,
die Vögel ziehen fort,
über tiefe Wälder und kalte Meere.
Nacht genug.
Unter dem Antlitz der Sterne
versinkt die schweigende Stadt in Dunkelheit.

Eine Wimper fällt auf das Papier, und da fällt ihr das Treffen von heute Nachmittag wieder ein und sie wischt sie achtlos aus ihrem Skizzenbuch. Die Enttäuschung ist nicht fortzuwünschen. Hatte sie sich wirklich vorgestellt, dieser fremde Simon würde nach zwanzig Jahren freudig auf sie zukommen? Vielleicht sogar an die alten Gespräche anknüpfen? So gut waren sie auch nicht befreundet gewesen. Doch seine Zurückhaltung und Zurückweisung hatten sie gekränkt. Diese eigenbrötlerische Schüchternheit.

Aber hatte sie nicht gerade die immer gemocht? Sie erinnert sich an die gemeinsame Reise. Alle ihre Freunde saßen um das Lagerfeuer, nur er andernorts, auf dem Boden, mit dem Stock in der Hand eine tote Biene wendend.

Sein abweisendes Verhalten, worin war es begründet? Hatte sie ihn damals in der Schulzeit verletzt? Das würde es erklären. Wie ein Zwangsgedanke kehrt diese Frage den ganzen Abend zurück, aber sie kann sich beim besten Willen an keine Situation erinnern.

Einsamkeit und unterschwellige Wut, das Zimmer wird zu eng. Da fällt ihr der Anfang einer Geschichte ein, die sie als Kind geliebt hatte und die sie bis heute auswendig kennt: Genau in der Nacht wuchs ein Wald in seinem Zimmer, der wuchs und wuchs, bis die Decke voller Laub hing und die Wände so weit wie die ganze Welt waren. Und plötzlich war da ein Meer mit einem Schiff, nur für Max, und er segelt davon, Tag und Nacht und wochenlang und fast ein ganzes Jahr bis zu dem Ort, wo die wilden Kerle wohnen.

Sie bemerkt, dass sie sich genauso fühlt, so wie sie es als Kind manchmal gedacht hatte. Etwas unangenehm, ein Kinderbuch spricht ihr aus der Seele. Dann Gleichgültigkeit, so verhält es sich eben.

Um Mitternacht, als sie sich nochmal weit aus dem Fenster beugt, um die klare, kühle Luft einzuatmen, zerfällt die Illusion, dass sie gute Freunde waren oder wieder werden könnten wie bröckeliges Mauerwerk und Judith beschließt morgen gleich abzureisen.

In den frühen, heller werdenden Morgenstunden dringt ein Mitteilungston in die Stille. Schläfrig tastet sie nach dem Telefon.

Bist du noch da?, schreibt er.

Sie wundert sich, zieht in Erwägung, sich nicht zu melden, einfach abzufahren und abzuschließen.

Dann antwortet sie doch: Ja.

Versuchen wir es nochmal, schreibt er sofort zurück.

Sie überlegt, schickt ein Fragezeichen, obwohl sie selbst nicht weiß, was es bedeuten soll.

Die Antwort kommt schnell: Um zehn Uhr im Kottenforst am Wasserfall.

Er schreibt es so selbstverständlich, als hätten sie sich dort schon öfter getroffen, als wüsste sie, wo der Wald liegt. Sie sieht auf die Uhr, 6.36 Uhr, lässt den Kopf auf das Kissen sinken und im leichten Schlaf verweben sich kurze Traumszenen.

Es piept wieder: Kommst du?

Sie schreckt auf, zögert und bejaht.

Vor dem Bett sieht sie ein kleines Wesen aus Licht auf dem Teppich.

Im Wald

Als sie verspätet am Wasserfall eintrifft, findet sie ihn erst auf den zweiten Blick, so ruhig und mimikryartig hat er sich in die Umgebung eingefügt. Er hockt in der Böschung auf einem Baumstamm und hat sie lange schon gesehen. Sie steigt den Berg am Rand des kleinen Wasserfalls hoch, tritt auf knackende Äste durchs Unterholz und steht vor ihm. Sein blasses Gesicht, hellhäutig wie in ihrer Erinnerung, sieht müde aus.

Sitzt du schon lange hier?, fragt sie ohne Begrüßung.

Er nickt. Ich hab dir von hier geschrieben.

Sie staunt und fragt sich gleich, ob sie diesen Mensch überhaupt gut genug kennt, um sich mit ihm allein im halbdunklen Wald zu treffen. Es ärgert sie, dass Misstrauen so schnell in ihren Kopf kommt.

Wasserplätschern und dichtes, atemloses Vogelgezwitscher.

Erzähl mir von dir, bittet sie und setzt sich neben ihn auf den Stamm.

Er sieht sie lange an, dann auf ihre Hände.

Da gibt's nix, kein Haus, kein Swimmingpool, kein Auto!

Sie wartet, fragt dann: Was interessiert dich an Insekten?

Obwohl Judith nicht zu den Menschen gehört, die Ameisenstämme mit Dosengift ausrottet oder Wespen mit elektrischen Tennisschlägern tötet, kann sie das lang anhaltende und tiefe Interesse, das Simon für diese Tiere haben muss, nicht nachvollziehen.

Er zuckt mit den Schultern.

So geht das nicht, denkt sie und studiert eingehend den braunen Blätterteppich auf dem Waldboden unter ihren Füßen. Doch das peinliche Schweigen ist resistent, sie kann es nicht wegstarren.

Ein leichter Wind weht seinen Geruch zu ihr, und in Sekundenbruchteilen, wie ein Blitz in der Dunkelheit, fühlt sie Vertrauen und erinnert sich, dass sie sich in einer Nacht im Zelt geküsst haben. Das hatte sie vergessen, allein sein Geruch hat diese Erinnerung zurückkommen lassen.

Plötzlich hebt sie die Hand, streichelt kurz über seine Wange – was treibt sie an? Der Wahnsinn? –, dann durch seine Haare, lässt schließlich ihre Hand kurz auf seiner Schulter liegen.

Erstaunt sieht er sie an. Während sie seinen Schulterknochen fühlt, der heraussteht, wird ihr die Berührung peinlich. Der Geruch ist verflogen, ein Fremder vor ihr. Schnell steht sie auf und verabschiedet sich.

Warte!, ruft er. Und als hätte sich nach dem körperlichen Kontakt etwas verschoben, beginnt er zu sprechen: Lauf nicht immer einfach weg! Letztes Mal auch schon.

Sie dreht sich um. Wann? Gestern?, fragt sie und zweifelt erneut an ihrer Erinnerung.

Nein, nach dem Abi.

Was? Ratlos zieht sie die Augenbrauen hoch. Dann muss sie lachen, so absurd erscheint ihr der Vorwurf. Du bist doch auch gegangen. Alle sind losgezogen.

Aber du hast dich nicht verabschiedet und nicht gesagt, wohin.

Du doch auch nicht, kontert sie.

Er kratzt sich verlegen am Nacken, und als wäre nichts gewesen, flüstert er: Guck mal. Dann spaltet er mit dem Taschenmesser ein Stück Baumrinde von einem halbverwitterten Stamm und legt eine große Ameisenstraße frei.

Wusstest du, dass Bienen, Wespen und Ameisen mit mehr als hundertfünfzigtausend Arten auf der Erde vertreten sind?

Für mich sehen die alle gleich aus, antwortet Judith ehrlich.

Wenn die Hautflügler von der Erde verschwänden, hätte der Mensch große Schwierigkeiten bei der Nahrungssicherung und vielleicht sogar beim Überleben. Mit wichtiger Miene sieht er sie an. Ohne, dass sie nachfragen muss, ergänzt er: Sie regulieren die Bestände der pflanzenfressenden Insektengruppen. Die würden sich sonst explosionsartig vermehren. Sie stabilisieren das ökologische Gleichgewicht.

Er lächelt. Ein aufrichtiges Strahlen.

Erzähl weiter.

Ihr Vorfahre war vermutlich ein Holzschädling, der vor zweihundertsiebenundvierzig Millionen Jahren die Erde bewohnte. Kann man sich das vorstellen? Wieder lächelt er.

Holzschädlinge interessieren sie überhaupt nicht, aber die Leidenschaft, die sich flackernd in seinen Augen zeigt, die schon. Sie tritt ein paar Schritte auf ihn zu und betrachtet das Insektengewimmel.

Ich wusste nicht, dass dir das wichtig war. Warum hast du mich nicht gefragt, wo ich hinziehe?

Wieder zuckt er mit den Schultern und schweigt. Er nimmt einen Stock und legt ihn über die Ameisenstraße. Wie selbstverständlich laufen die Tiere hinüber, als hätten sie die Veränderung gar nicht bemerkt.

Tut mir leid, dass wir uns irgendwie aus den Augen verloren haben. Ich wollte dich auf keinen Fall verletzen. Sie hebt beide Hände in die Luft, um das Gesagte zu unterstreichen.

Nee, Quatsch, antwortet er. Von wem hast du das?, fragt er jetzt und steckt seinen Zeigefinger unter das jadefarbene Perlenarmband, das sie ums linke Handgelenk trägt.

Von meinen Brüdern.

Seine Stimmung hellt sich auf. Es scheint, als erinnere er sich und lacht. Die! Wie geht's denen?

Sie lacht mit, ohne den Grund zu erkennen.

Gut, antwortet sie, und es reicht, mehr möchte er nicht wissen.

Wollen wir ein Stück gehen, fragt er stattdessen.

Sie nickt, und sich umsehend erinnern sie die Kaskaden des Wasserfalls kurz an die des Trevi-Brunnens.

Oben, am Himmel fügen sich blaue Himmelsscherben wie ein Mosaik in die grünen Baumkronen. Davon unbeeindruckt flattern Vögel durch die Äste.

Am Himmel immer noch Sterne ...

Als ich den Fuß auf den Bahnsteig des Münchner Hauptbahnhofs setze, weiß ich sofort: Ich will zurück nach Hause. Doch dann siegt die Neugierde und wir stehen auf der Rolltreppe, die sich am Stachus aus dem Untergrund frisst. Weltberühmter Karlsplatz mit Springbrunnen, der Schein der Sonne lotet den Platz aus. Mit unseren Taschen auf den Schultern schlendern wir durch die Kaufingerstraße. Lichthelle Fassaden der Läden in der Fußgängerzone. Musikanten und Jongleure von Menschenmengen umringt. Bekannte Ketten reihen sich an noble Marken. Am Ende liegt das Rathaus, in dessen Architektur ich mich sogleich verliebe. Das Glockenspiel klingt in die heißesten Stunden des Tages. Mechanisch tanzen die bunten Figuren und kündigen ein Rittertunier an. Der bayerische Ritter besiegt den Gegner aus Lothringen. Melancholisch. Wunderschön, ich bin hin und weg. Jonah fotografiert mich. Ich muss laut lachen über meinen dümmlich starrenden Gesichtsausdruck.

Wir schlendern weiter.

Die Sonne brennt sich in die Haut und das Bild der Stadt ins Gedächtnis. Unsere Schatten tanzen vor uns durch die Gassen. Eine Kirchtür steht weit offen. Heilig

Geist lese ich auf dem Schild des Portals. Wir treten ein, setzen uns in die hinterste Reihe und betrachten den Altar. Angenehm kühl und still ist es.

Jonah legt den Arm um mich und küsst mich auf den Kopf, auf die Schläfe. Dass er schweigt, tut mir gut. Ich möchte nicht reden, nicht zuhören. Eine Sprachlosigkeit, in der ich mir vorkomme, als hätte ich keinen Mund. Keine Möglichkeit.

Über uns strahlt das Deckenfresko der Gebrüder Asam. Die sieben Gaben des Heiligen Geistes.

Wir wandern weiter über den Viktualienmarkt, lesen die Schilder und raten Nahrungsmittel, Fleischpflanzerl und Obadzda.

Jonah will sich setzen, aber ich muss weiter, fühl mich wie eine Getriebene, noch mehr sehen. Unruhe wird groß. Noch steht die Sonne hoch, aber bald sinkt sie und ich muss meine Geschichten vor Publikum lesen. Kein gutes Gefühl.

Jonah biegt in einen Souvenirladen ab. Im Schaufenster sind Bierkrüge, T-Shirts, Postkarten, Stifte und Porzellanbrezel ausgestellt, blau-weiße Fahnen überall. Fröhlich kommt er heraus und überreicht mir ein Päckchen. Ich wickle es aus, eine kleine Bavariastatue. Ich freue mich über das kitschige Teil.

Ein Glücksbringer, sagt er.

Als wir die Theresienwiese erreichen und über die weite Grasfläche gehen, auf der Kinder Fußballspielen und Frisbees werfen, spüre ich ambivalente Gefühle. München, die freundliche Stadt mit spannender Architektur und Kultur möchte ich näher kennenlernen, doch auch nach Hause. Ein Stich im Herz. Ich stelle mir vor, wie meine liebsten Nachbarn auf der Terrasse sitzen und Kaffee trinken, wie Rainer sein Pferd ausführt, weil es zum Reiten zu alt ist, wie Frau Kluss den sonntäglichen Bingoabend vorbereitet. Ein Samstagnachmittag, wie jeder andere. Dörfliche Rituale, eintönig, danach sehne ich mich in diesem Moment.

In der Ferne hallt das heisere Bellen eines Hundes.

Die Bavariastatue, auf die wir zugehen, wächst in den Himmel empor. Jonah liest aus dem kleinen Reiseführer vor: Die Bavaria ist eine begehrte Frau und das schon seit Jahrhunderten. Sie ist das Symbol und die weltliche Patronin des Freistaats – das Gesicht Bayerns. 1850 wurde sie von dem Münchner Künstler Ludwig Schwanthaler im Auftrag Ludwig I. entworfen und aus Bronze gegossen.

Aha, antworte ich und merke, ich bin nicht aufnahmebereit. Unkonzentriert.

Ich halte die kleine Bavaria neben die große. Sie sehen sich an. Ein Foto. Schnell drehe ich mich nach rechts und schieße ein zweites Polaroid von Jonah, der sich nicht gerne fotografieren lässt und doch mein liebstes Objekt ist.

Am Rand des Parks setzen wir uns zwischen Bäume auf eine Bank, deren Lack in Schichten vom Holz blättert. Eine Wespe webt ihr lautes Summen um uns herum, sie stößt an Jonahs Arm und fliegt davon.

Stimmengewirr und Geschirrklirren aus dem Biergarten auf der gegenüberliegenden Seite dringen herüber, gedämpft durch die Distanz.

Langsam kneife ich die Augen zusammen, der Himmel über mir wird schmal. Kurz beschäftigt mich die Geometrie der Schatten vor uns auf der Wiese.

Jonah hat seinen Kopf auf meinen Schoß gelegt, ich fahre mit dem Finger die Konturen seines Gesichts nach, dann durch seine Haare. Ziehe ihn am Bart.

Hey!, sagte er und öffnet schläfrig ein Auge, mit dem er mich fixiert.

Nicht schlafen, antworte ich und pieke ihn in die Brust, kitzle ihn.

Unverständliches Murmeln, er öffnet drei Knöpfe seines Hemds und legt meine Hand auf seine nackte Haut. Ich streichle ihn bis zum Bauchnabel und wieder hoch zum Schlüsselbein.

Komm, wir gehen ins Hotel, knurrt er wohlig und zwinkert mir zu.

Jetzt?, frage ich irritiert. Das ist zu konkret. Ich weiß noch gar nicht, ob ich ins Hotel will, stottere ich, vielleicht möchte ich lieber nach Hause.

Was? Erstaunt richtet er sich auf und knöpft sein Hemd zu. Du freust dich doch auf heute Abend, oder?

Ja. Ich nicke. Nein. Ich schüttle den Kopf.

Jonah stöhnt, lässt den Kopf in den Nacken fallen, als wüsste er, was jetzt auf ihn zukommt.

Ein mulmiges Gefühl, Heimweh, ich will nicht . . .

Ich verhasple mich, versuche zu erklären. Wühle,

um mich abzulenken, in meiner Tasche und finde eine kleine Achatscheibe, die ich längst verloren glaubte. Erinnere mich an den bizarren Versuch, durch sie hindurch zu fotografieren, bis Jonah mich unterbricht.

Komm, wir gehen erst mal was essen.

Im Biergarten auf der anderen Straßenseite kaufen wir Brezel, Käse und Gurkensalat und setzen uns unter hohe Bäume. Die freundliche Atmosphäre erinnert mich sofort an die Bilder von Max Liebermann, selbst die Tische und Bänke scheinen noch die gleichen.

Über uns springt ein Eichhörnchen von Ast zu Ast, bleibt stehen, regungslos und horchend, als riefe ihm jemand etwas zu.

Wir essen schweigend, lauschen dem Klang der bayerischen Sprache. Eine Mutter liest ihrem Sohn am Nebentisch de gloane Raupm Griagdnedgnua vor. Ich verstehe nicht alles. Jonah grinst mich an, bis ich lache. Ich blicke auf den Boden, um den Kontakt abzubrechen. Er will mich aufmuntern und flirten, aber ich kann die Situation nicht genießen, starre auf die Kiesel. Fleißige Ameisen bilden Ketten und transportieren Nahrung davon.

Immer wieder und stärker taucht Angst auf. Widerwille. Ein grenzenloses Schwingen und Leuchten, ich verliere mich in der Helligkeit und plötzlich ist da wieder Sehnsucht. Nach Hause, ich will nicht vorlesen. Aufregung steigert sich. Ich versinke im Treibsand, verirre mich.

144

Die bewerfen mich vielleicht mit Tomaten, ich kann das nicht, höre ich mich sagen und will nichts mehr wissen vom Schreiben. Springe auf und spreche die Tischnachbarin an: Wie komme ich am schnellsten zum Bahnhof?

Hektisch greife ich meine Tasche und laufe davon. Eine besondere Schwere lastet auf mir, die mich antreibt. Schnell eile ich über den Platz, sehe mich nicht um, frage mich nicht, ob Jonah hinterherkommt, laufe die Treppen hinunter in den Schacht und springe ohne Fahrkarte in die nächste Bahn. Hektisches Atmen. Eine Panikattacke? Wovor habe ich eigentlich Angst? Die Antwort fällt kläglich aus. Davor, dass ich mich verlese oder stottere? Die Geschichten nicht gut ankommen? Die Leute mich ausbuhen? Selbst wenn, was für Konsequenzen hätte das schon? Überhaupt keine. Dieser kleine, unbedeutende Ausflug in die Literatur kann mir eigentlich egal sein. Ist er aber nicht.

Der Zug hält am Bahnhof, ich kämpfe mich durch die Menschenmassen. Mein Herz tut weh. Da steht Jonah vor mir.

Was machst du denn, fragt er kopfschüttelnd.

Ich will nach Hause, sage ich und schluchze ein bisschen, hilflos auch, wie ein kleines Mädchen, weil ich weiß, dass er dafür empfänglich ist.

Angst zu haben ist keine Option, sagt Jonah.

Natürlich, schimpfe ich aufgeregt. Angst zu haben ist wichtig. Ein Schutz, dafür hat ihn die Natur doch eingebaut.

Ein großer Druck in meinem Kopf, ein Hämmern, als versuche die Welt in mich einzudringen. Ich schließe die Augen. Fühle mich verschwitzt und übermüdet. Um 4.14 Uhr sind wir heute Morgen aufgebrochen, vom Land, das ich jetzt vermisse. Hundert Wege führen von hier nach Holtorfsbostel und keinen darf ich nehmen.

Jonah versucht mich zu überreden: Du musst dahin, trau dich!

Aber seine Worte prallen an mir ab. Gedanklich schließe ich mit dem Schreiben ab und sage: Ich schmeiß die Texte weg, alles in den Müll.

Jonah lacht auf.

Nie im Leben! Und außerdem hast du kein Heimweh. Das ist Lampenfieber, da musst du jetzt durch!

Arschloch, sage ich und zeige ihm den ausgestreckten Mittelfinger. Wut kommt auf, ich fühle mich allein gelassen. Hektisch irre ich umher, suche das Deutsche Bahn Zentrum, um Rückfahrkarten zu kaufen. Dabei komme ich mir vor wie eine meiner Figuren. Der alte Arthur, der in der Dämmerung nicht mehr den Weg durch den Wildpark findet.

Jonah folgt mir.

Du wirst es bereuen, wenn du nicht hingehst, sagt er und hält mich, während er spricht, am Arm fest.

Kaltes Schweigen schiebt sich zwischen uns. Schutzlos sind wir ausgeliefert und sehen uns an.

Er packt und umarmt mich. Ich wehre mich, haue auf seine Brust und er fasst mich fester.

Lass los, schreie ich und kann nicht verstehen, dass er mich nicht ernst nimmt, meine Angst verlacht. Kommst du jetzt mit, frage ich beleidigt, sonst fahre ich allein.

Ja, natürlich, schnauft er, verdreht genervt die Augen. Dann kauf Fahrkarten, wenn du meinst. Aber sag mir vorher nochmal genau, wo das Problem liegt.

Eigene Text vorzulesen ist eine schwierige Sache. Ich bin da sehr verletzlich. Das kann richtig wehtun, wenn jemand abfällig drüber spricht. Worte können wie Messerstiche sein und ich hab keine Mauer als Schutz, sage ich und möchte weinen.

Jonah mustert mein Gesicht. Er spürt, dass es ernst ist, und hält mir seine offene Hand hin. Ich sehe nach oben. Unter dem Dach des Bahnhofs, auf den breiten Stahlträgern, sitzen Tauben, aufgereiht wie Perlen an einer Kette.

Lass dich trösten, flüstert er und zieht mich zu sich heran, dann fahren wir eben.

Mit tausend kleinen Küssen bedeckt er mein Gesicht. Und wie immer beruhigt mich sein Geruch. Ich halte ganz still und werde weich in seiner Umarmung. Entspanne mich. Wie wäre es, jetzt zu fahren? Abzusagen, eine Lüge in einer E-Mail zu formulieren, ich wäre krank oder hätte den Zug verpasst oder beides. Ein fader Beigeschmack. Wie wäre es zu Hause, in Sicherheit? Vielleicht hat Jonah recht und Reue käme. Spätestens beim Bingoabend am Sonntag würde ich meine Stirn auf das Zahlenbrett sinken lassen und es bedauern.

Ein kleines Mädchen mit hohem Zopf steht mit seinen Eltern einige Meter entfernt und beobachtet uns. Mund und Finger von Eiscreme verschmiert, lacht es mich ungeniert an. Als das Eis auf den Boden tropft, beginne ich zu zweifeln. Will ich wirklich aufgeben? Unverrichteter Dinge zurückkehren?

Jonah spürt sofort die Veränderung und legt die Stirn in Falten.

Spielt die Welt verrückt oder bin ich das, frage ich ihn.

Die Welt, antwortet er lachend.

Du bist auf meiner Seite?, frage ich weiter und kneife prüfend die Augen zusammen, um jede Regung in seiner Mimik zu deuten.

Wortlos zwinkert er mich an.

Ich strecke ihm die Zunge heraus und gehe unsicher auf den Ausgang des Bahnhofs zu, fühle mich aber freier. Der Zwang ist von mir abgefallen, in dem Moment, als Jonah bereit war, mit mir zurückzufahren. Er folgt mir langsam, zweifelnd.

Hätte ich nicht gedacht, dass es so schwer ist, sage ich noch, dann verlassen wir den Bahnhof. Die Panikattacke ist vorüber.

Auf dem Weg zum Hotel spüre ich Jonahs Angespanntheit. Er scheint ebenso wie ich, die Befürchtung zu hegen, dass ich möglicherweise einen erneuten Fluchtversuch unternehme. Schwanthalerhöhe steigen wir aus. Er greift meine Hand. Ich blinzle dem hellen Ball am Himmel entgegen.

Jeder Sonnenstrahl trägt die Kraft aller Jahrtausende, sage ich und Jonah schmunzelt.

Über den Dächern des Wohnblocks ragt ein Baukran in den Himmel.

Im Hotelzimmer dusche ich kalt, setze mich an den Tisch und schreibe. Ich halte mich ans Reale. Schreiben bedeutet für mich, eine Sprache zu finden, die parallel zum alltäglichen Leben geht und die es im Prozess in eine Geschichte transformiert. Sie entspringt nicht dem Alltag wie die Umgangssprache, sondern ist von anderer Qualität, konzentrierter und bedächtiger. Achtsamer. Die Gewahrsamste auch, im Sinne von Obhut, sie hält fest, stellt klar und beschützt. Nicht nur die Worte vor dem Vergessen, auch mich vor Erlebtem. Formulieren strukturiert und schafft Klarheit, das Aufschreiben Distanz. Erlebtes kann ich aus den Augen der Hauptpersonen betrachten, dabei rückt es in die Ferne und gleichsam von mir ab.

Ich sehe aus dem Fenster, betrachte die Sonnenflekken auf der Hauswand gegenüber. Mein Vater fällt mir ein. Was hätte er wohl zu dieser Lesung gesagt? Kurz erinnere ich mich daran, wie wir über eine Geschichte von mir diskutierten. Wie lebt man als Assistent eines berühmten Künstlers? Das hätte ich seiner Ansicht nach mehr ausschmücken sollen, dabei wollte ich die Emanzipation vom Meister darstellen und nicht den Alltag.

Letztes Licht hängt am Dachrand, ich beschließe, Jonah zu wecken, der auf dem Bett schläft, und loszugehen.

Der Abend ist warm, Schatten strecken sich in der Dämmerung. Der Weg zur ersten Lesung ist viel zu kurz. Ich möchte weitergehen, durch dieses Viertel, in dem sich hohe Häuserfassaden mit Altbauwohnungen aneinanderreihen, aufgelockert durch urige Geschäfte und Kneipen. Weiter schlendern und lange nicht ankommen. Doch da liegt sie vor uns, die Tür des Friseursalons Next Door. Ich atme ein, um mit Betreten des Salons ein anderer Mensch zu sein, sicherer, mutiger und souveräner als zuvor.

Die Freundlichkeit der Friseurin, die mich bayerisch begrüßt, ist so entwaffnend, dass ich mich gleich aufgehoben fühle. Keine Spur von Distanziertheit. Jonah winkt mir zu und signalisiert, dass er nochmal hinausgeht. Ich weiß, es ist ihm hier zu eng, er meidet fremde Menschen.

Ich sehe mich im Raum um, schwarz-weiß gekleidete Schaufensterpuppen und Teile derer hängen von der Decke herab. Runde Spiegelgebilde an den hohen Wänden, überall Stühle. Alles in neongrünes Licht getaucht. Unwirklich.

Jemand tippt mir auf die Schulter, es ist der Salonbesitzer. Ich begrüße ihn und stelle mich vor.

Vor Aufregung kann ich kaum sprechen, doch hinter meiner Stirn treibt mich Mut an. Wir setzen uns auf Stühle, die angenehm wahllos im Raum verteilt sind, nicht in strengen Linien, und plaudern ein bisschen.

Hamburg? So so, sagt er und sieht mich an. Da regnet es doch nur.

Ich bestätige. Wenn zwei Tage über zwanzig Grad sind und kein Regen fällt, fangen die Leute an zu stöhnen ob der Hitze.

Er lacht. Da muss man auch für gemacht sein.

Ein Pärchen tritt ein und setzt sich mir gegenüber.

Und schreibst du auch seit deiner Kindheit oder beruflich? Mit hochgezogenen Augenbrauen sieht der Salonbesitzer mich an.

Nein, nur aus Spaß, manchmal. Ich vergleich das gern mit Ping-Pong spielen in der Jugendherberge. Wenn man grade Zeit hat, kann es schön sein.

Verlegen krame ich in meiner Tasche, um den Text herauszuholen.

Aha, murmelt er und sieht aus, als würde er sich über mich wundern, als hätte ihm eine andere Antwort besser gefallen.

Brauchst du was, fragt er freundlich, ein Glas Wein? Eine Leselampe?

Ich schüttele den Kopf, obwohl ich vor lauter grünem Neonlicht rote Flecken auf dem weißen Papier sehe. Ich schlucke, doch die Panik bleibt aus. Vielleicht hab ich sie heute Nachmittag verbraucht. Nichts mehr da, an Kraft.

Es ist Zeit, sagt er und stellt sich hin und mich vor.

Am Rand, mit den Füssen im Nichts, spreche ich den Titel langsam und laut aus. Stille. Keiner bewegt sich.

Ich senke den Kopf und konzentriere mich auf den Text. Lese krumme und schiefe Sätze über eine Frau, die mit einem Mann lebt, der in der Kindheit von seinem Vater misshandelt wurde und der selbst manchmal gewalttätig wird.

Als ich fertig gelesen habe, herrscht absolute Ruhe. Es kommt mir vor, als spüre ich Betroffenheit, harre aus im stillen Raum, wie unter Wasser, atemlos und aufmerksam, zwischen zwei Gedanken, bis ich es nicht mehr aushalte.

Hallo, seid ihr noch da?

Ich gucke mich um und winke in die Runde. Als erwachten sie aus einem Dornröschenschlaf, plötzlich Applaus. Dann Fragen.

Eine ergreifende Geschichte, sagt der Salonbesitzer und erkundigt sich, ob der Text eine Fortsetzung habe.

Happy End ist da ja schwierig, wirft der Pärchenmann ein, da ist das Ende ganz gut gelungen.

Ist nicht so schwarz-weiß dargestellt, sagt der Salonbesitzer.

Das liegt an der zarten Sprache, antwortet die Pärchenfrau.

Nein, das liegt daran, dass wenig Handlung ist. Da passiert ja nichts. Der bedroht sie ja jetzt nicht mit einer Waffe oder so, meint der Pärchenmann.

Wenig Handlung, denke ich, als müsste ich mir innerlich Notizen machen.

Naja, aber er zwingt sie und ist grob, eifert sich die Frau.

Ich sehe schweigend von einem zum anderen und bin erstaunt, wie ernst die Leute den Text nehmen.

Wie bist du auf den Titel gekommen?, fragt der Salonbesitzer und sagt ohne eine Antwort abzuwarten, die Bilder, die vor dem inneren Auge entstehen, sind schön. Alt und poetisch.

Ich bedanke mich und überlege, ob das gut oder schlecht ist. Veraltete Sprache.

Eine latente Angst begleitet mich, dass jemand nach autobiografischen Details fragt. Doch ich bin vorbereitet, das Ich im Text und die Autorin sind nicht identisch, so werde ich es formulieren. Aber keiner fragt, das Gespräch bleibt auf einer angenehm sachlichen Ebene, bis ich schließe und erkläre, dass ich weiter müsse, zur nächsten Lesung, die bald beginne. Nochmal Applaus, der Salonbesitzer bedankt sich.

Er tritt auf mich zu und bittet: Schick mir dein Buch, wenn es fertig ist.

Ich verschweige, dass es fast fertig ist, und verabschiede mich. Er schüttelt meine Hand und während wir hinaus auf die Straße treten, ahne ich, dass ich ihn nicht so schnell vergessen werde, sein Gesicht und die bedächtige Geduld, die er ausstrahlt, etwas Erhabenes, in sich Ruhendes, was mich berührt.

Zehn Minuten später treffen wir in der Bildhauerei ein. Die Besitzerin des Ateliers, die auch die Künstlerin ist, wandert mit mir durch ihren Raum, stellt mir ihr Werk vor, zeigt mir Skizzen, selbstgemalte Bilder und Statuen.

Ich sehe mich um, lasse die Atmosphäre auf mich wirken. Oben auf der Galerie im Schattenlicht zwischen den Skulpturen schweben Engel, da bin ich mir ganz sicher.

Sie zeigt mir einen Bronzekopf, der dem ihres Mannes nachempfunden ist. Die Gesichtszüge perfekt, ein großes Talent. Der Ehemann lächelt mich milde an, während ich Ähnlichkeiten zwischen ihm und der Skulptur suche, als wäre er solche Musterungen gewöhnt. Das stumpfe, dunkle Material gefällt mir nicht. Die Faszination für Metalle ist bei mir bis jetzt ausgeblieben und zu Bronze stellt sich keine Verbindung ein. Glas spricht mich mehr an, das ganze Universum kann sich darin spiegeln, im kleinsten Mosaiksplitter schon, und es erscheint immer wieder in anderen Farben, Arten und Formen, ein Variantenreichtum der unter allen Materialien, seinesgleichen sucht.

Wir sind noch ins Gespräch vertieft, da verdunkelt sich der Raum und die Musik geht aus. Ich eile schnell zum Lesepult, die Künstlerin streicht ihren Rock glatt und kündigt mich an. Sie freue sich sehr, eine Autorin begrüßen zu dürfen, die die weite Reise aus Hamburg auf sich genommen habe: Vera Händel!

Hektisch ziehe ich den Text aus der Tasche und überlege, ob ich diesen Irrtum einfach so stehen lasse. Oder ob ich jetzt als Vera Händel lese und so tue, als hätte ich die Ankündigung nicht gehört.

Dann sage ich aber doch, das bin ich gar nicht.

Das war die davor, ruft der Ehemann von hinten.

Aber Hamburg stimmt, oder?, fragt die Künstlerin und sieht mich verlegen an.

Die kleine Bildhauerei ist voll besetzt, circa vierzig Zuhörer sitzen in geordneten Reihen vor dem Pult, lachen und schauen amüsiert zwischen uns hin und her.

Hamburg ja, Linnea Ohlson heiße ich.

Alles lockert sich, wieder ist die Aufregung nicht so groß, dass sie mich hindert. Die Konzentration gelingt und da sitze ich nun, Punkt 23 Uhr, und beginne zu lesen, wie auch die anderen Schreibenden, an allen Orten des Hoergangs. Unsere Texte verbreiten sich wie Nebel durch Gassen und Mauerwerk, sickern in den Untergrund und bilden das Fundament des Ortes, steigen nach oben und spannen ein Zelt als Himmel über Neuhausen-Nymphenburg. München, heute Abend, eine Geschichtenstadt.

Mein Text über den Museumswärter Nathan Kantereit, der in der Nationalgalerie Berlin arbeitet und sich dort in ein Gemälde von August Renoir verliebt, das dessen Geliebte Lise Tréhot zeigt, wird wohlwollend aufgenommen.

Applaus, freundliche, kurze Worte. Ich bin erleichtert. Keine Fragen, zum Glück. Ist der Text doch einer, den ich nicht mag. Aber wie es mir schon oft beim Malen, Zeichnen, fotografieren oder schreiben begegnet ist, die Werke haben ihren eigenen Willen. Einen Charakter, der nicht zu ändern ist. Etwas Grundlegendes, auf das ich als Gestalterin keinen Einfluss habe, als besäßen sie eine DNA, nach der sie sich entfalten. Jonah hat mir einmal zu Recht geantwortet, dass ich es doch sei, die die Worte wähle, dann könne ich doch auch entscheiden, ob der Protagonist am Ende den Freitod wählt oder nicht. Verständnislos hat er mich angesehen, fast ein bisschen ärgerlich. Ich war nicht in der Lage, ihm zu erklären, dass das nicht der Fall sei. Gerade bei den ausgedachten Geschichten in meiner Sammlung handeln die Figuren wie sie wollen, gehorchen undurchsichtigen Gesetzmäßigkeiten, die ich in der Regel nicht finden und verstehen kann.

Ich bedanke mich bei den Gastgebern und nach einer herzlichen Verabschiedung treten Jonah und ich hinaus in die Nacht. Schlendern, schweben, so leicht wie Federn, Hand in Hand, nichts passt zwischen uns, nicht ein Blatt Papier. Die Dunkelheit buchstabiert ihr Schwarz vor uns her und die Häuserwände rufen mir zu: Du hast es geschafft.

Die Welt ist die gleiche, der milde Abend, die Stadt. Am Himmel immer noch Sterne . . . doch für mich hat sich etwas verschoben. Nichts Großes ist vollbracht, nichts Wichtiges, doch Mut war zu Besuch. Ich glühe.

Auf dem Weg zur Aftershowparty rede ich auf Jonah ein, der zufrieden scheint. Ich kann nicht aufhören zu erzählen, was ich gefühlt und gedacht habe und wie dankbar ich ihm bin, dass er mich zu diesem kleinen Festival gedrückt, gezogen und geschoben hat. Jetzt scheint er mein Glück zu genießen und sieht mich interessiert an.

Finde ich immer alles spannend, was du machst, sagt er. Weißt du noch, als wir im Frühjahr Herrndorfs

156

Kreuz gesucht haben? Seltsame Sachen denkst du dir immer aus!

Die Feier steigt am Dachauer Platz. Lichter erhellen die abgelebte Fassade der Halle 6. Vor der Eingangstür steht ein langer Tisch mit Büchern der Autoren und ich stelle mir vor, wie es sich wohl anfühlt, wenn ein Buch von mir dort läge. Aus der Tiefe taucht Ehrgeiz auf, flüchtig zwar, wie ein zufälliger Gedanke, aber doch eindeutig zu spüren.

Wir schieben uns durch die Menschenmassen und betreten die Halle. Bernsteinfarbenes Licht, die Tanzenden werfen Schatten an die Wände. Laute Musik. Hier und da erkenne ich ein paar Gesichter, das Pärchen aus dem Friseursalon, zwei Zuhörerinnen aus der ersten Reihe in der Bildhauerei, etwas später die Künstlerin in der Ferne, einen Schauspieler und einen bekannten Schriftsteller.

Jonah reiht sich in die lange Schlange ein, die zum Tresen führt. Ich stelle mich an die Seite, sehe mich um und atme durch. Der Veranstalter des Kurzgeschichtenwettbewerbs, der mich zu diesem Lesefestival eingeladen hat, steht mit drei Frauen in einer Ecke und unterhält sich angeregt. Da möchte ich nicht stören, obwohl ich mich gern vorgestellt hätte, nach all den E-Mails, die wir im letzten Jahr getauscht haben. Es gefällt mir, wie er schreibt, einfühlsam, lebendig, dann wieder streng, nie vorgefertigt. Unauffällig mustere ich den hochgewachsenen Mann, der zurückhaltend wirkt, fast scheu, leicht nach vorne gebeugt, um sich den Gesprächspartnern von der Größe her etwas anzugleichen.

Ich erinnere mich an eine seiner Nachrichten im Januar, über die ich, aus unklaren Gründen, länger nachdenken musste: Authentizität durch persönlichen Erfahrungshorizont ist meiner Meinung nach ein Grundpfeiler echter Geschichten, die mich berühren, weil die Komplexität einer Erfahrung nie ganz nachgedacht werden kann.

Der Umkehrschluss, den ich mir aus seinen Worten erdachte, war folgender: Kann ich also davon ausgehen, dass in Geschichten, die mich berühren, etwa Wahres, etwas vom Autor Erlebtes steckt? Eine wichtige Frage für mich, die sicherlich unbeantwortet bleibt.

Ich lasse meinen Blick über die Menschenmassen schweifen, die sich durch den Raum schieben, und bleibe an einem Mann hängen, der mir nach kurzem Zögern zuwinkt, schüchtern und verlegen. Wir erkennen uns gegenseitig, ein Schreibender, der mein Foto im Programm gesehen hat, ebenso wie ich seines.

Dann steht der Veranstalter vor mir.

Otger Holleschek, hallo, stellt er sich vor und schüttelt mir die Hand, in den Augenwinkeln ein Lächeln.

Ich kann ihn kaum ansehen, habe das Gefühl, wenn ich nicht wegsehe, kann er in mein Innerstes vordringen, ungeschützt durch alle Mauern treten, an diesem besonderen Tag, an dem ich mich emotional so wenig unter Kontrolle habe, wie sonst selten.

Woran haben Sie mich erkannt, frage ich.

Am Schal, erwidert er lachend. Auch ein Bierchen?

Ich verneine. Schon ist er weg und kommt mit einer Flasche zurück.

Ich muss mich setzen, sagt er, sieht erschöpft, aber glücklich aus und lehnt sich an einen Holztisch. Er fragt mich, wie die Lesungen gelaufen seien und wie viele Zuhörer dort gewesen wären.

Und so ohnmächtig wie ich der Kälte des Himmels ausgeliefert bin, stehe ich vor ihm und stottere, weil ich nicht mehr richtig denken kann vor lauter Musik und Reizüberflutung und Aufregung und Erschöpfung. Gerne würde ich mich in aller Stille unterhalten. Es interessiert mich, was er über Literatur denkt, über die Entstehung von Geschichten, über das Schreiben. Aber wir werden unterbrochen, er muss telefonieren und funktionieren und in der nächsten Sekunde ist er fort und ich sehe Jonah am anderen Ende der Halle stehen, mit zwei vollen Gläsern in der Hand. Als unsere Blick sich treffen, lacht er. Ich weiß, dass er mich beobachtet und gewartet hat.

Es zieht mich zu ihm, schnell dränge ich mir einen Weg in seine Arme. Die Erleichterung ist groß. Wir trinken Wein und beobachten die Anwesenden beim Kommunizieren. Die Spannung fällt ab. Langsam werde ich müde, habe keine Worte mehr.

Jede Minute dieses langen Sommertags spüre ich in meinen Gliedern. Wir treten nach draußen und lassen die Halle 6 hinter uns. Das letzte Licht am Himmel hat sich längst entzogen. Die Nacht gibt uns frei, und während wir fortschlendern, schweben noch Geschichten durch die Straßen und Gassen und verweben sich zu einer sommermilden Kühle.

Anhang

Manches ist geliehen:

Am Rand, mit den Füßen im Nichts

Der Titel des Buches und der ersten Geschichte ist von der Band Heisskalt geliehen. Er stammt aus dem legendären Lied Nacht ein. Lieber Matze, lieber Marius und lieber Philipp, vielen herzlichen Dank für Eure freundliche Genehmigung.

Im Sommer

Wer geboren werden will, muss eine Welt zerstören gehört Hermann Hesse (Demian).

Erkläre mir die Liebe . . . ich hab sie nie gesehen gehört Philipp Poisel (aus dem gleichnamigen Song auf dem Album Mein Amerika).

Gleichzeitigkeit aller Farben

Kunst scheint mir vor allem ein Seelenzustand zu sein. (Marc Chagall, Mein Leben, Hatje 1959, S. 113)

Die letzten Zeilen

Arbeit und Struktur, Wolfgang Herrndorf, Rowohlt Verlag 2013

In der Heimat, aus: Hundertzehn Gedichte, Georg van der Vring, Beck Verlag 2010

Hymenoptera

Blutschuld, aus: Achtzig Gedichte, Georg Trakl, Beck Verlag 2011, 2. Auflage

Eine Wespe zum Geburtstag, zitiert aus der Hannoverschen Allgemeinen vom 28.6.2016:

http://www.haz.de/Nachrichten/Wissen/Uebersicht/Neu-entdeckte-Wespenart-wird-nach-Universalgelehrtem-Leibniz-benannt

Im Land der Dämmerung ist der Titel eines Bilderbuchs von Astrid Lindgren

Und am Himmel immer noch Sterne . . .

E-Mail von Otger Holleschek, mit freundlicher Erlaubnis zitiert, Januar 2018

Danksagung

Ein großes Dankeschön geht raus an:

R. für seine Hingabe, Treue, Unterstützung und Liebe. Mein Herz!

Doktor O für die geduldigen und freundlichen Versuche, mir das Schreiben bei- und näher zu bringen, für die literarische Begleitung, all die Gespräche über Bücher und das Fels-in-der-Brandung-Sein.

Hermann für sein aufrichtiges Interesse an meinen Texten und seine Hilfe bei der Umsetzung dieses Bändchens.

Marc für sofortige und kreative Coverhilfe.

Matti for having a mild paranoia, that led him to ask me a lot of questions, that in turn led to this book being published. And of course for allowing me to use his wonderful painting "Paper Hands" as a cover. Merci Monsieur!

Einige Erzählungen sind als Kurzversionen im Zuge von Literaturwettbewerben erschienen:

Nach Süden (unter anderem Titel): Bonner Literaturpreis 2018 in der Literaturzeitschrift Dichtungsring

Profillicht: Münchner Kurzgeschichtenwettbewerb 2018 in der Storyapp von Otger Holleschek

Das Gewicht von Steinen (in abgeänderter Form): Bremer Literaturwettbewerb 2020 in der Anthologie Osterdeich

Im Sommer (unter anderem Titel): Deutscher Kurzgeschichtenwettbewerb 2021 in der Storyapp von Otger Holleschek